你好，我亲爱的陌生人

吉诺　著

中國華僑出版社

目　录
CONTENTS

001 / 序一
005 / 序二
007 / 序三

Chapter / 一

我们初次遇见，却相识已久

002 / 趴体动物
011 / 不能回家的青年们
016 / 冰城不太冷
022 / 我亲爱的房东们
034 / 驻唱歌手
038 / 有故事的人
045 / 旅行的意义是什么
050 / 只要微笑就好

Chapter 二

总会有个你，温暖我世界

054 / 泡芙与奥利奥

058 / 那些猫猫狗狗

064 / 陪老妈逛街才是正经事

070 / 凶悍的人类心里住着一只小白兔

075 / 微笑的勇气

080 / 爱不能透支

089 / 她唱出几首回忆

Chapter 三

当你开始真正爱自己

104 / 为什么要感谢伤害我的人

110 / 忘记他

114 / No Sex On My Way

119 / 被害妄想症

125 / 渺小

130 / 一个人吃饭

134 / 暧昧是浑蛋的武器

139 / 我爱 Boss，Boss 不爱我

144 / 同事≠朋友

Chapter 四

相逢的人，总会再相逢

150 / 微博·朋友圈·朋友圈

157 / 拜托，可以把手机关掉吗

163 / 百香果和热牛奶

168 / 再见了，姥姥

171 / 毒舌女汉子与温柔少妇

176 / Inner Peace

180 / 如果我变成老头子

191 / 一颗蛀牙

Chapter / 五

心底的故事，最初的远方

196 / 说走就走的旅行？才怪咧

201 / 天杀的电动车

207 / 我在清迈老了五十岁

212 / 按摩记

218 / 水灯节

224 / 顺流而下

229 / 我要饿死在新西兰啦

234 / 爱上一座城

239 / 夜路

244 / 冰川怎么爬

序一

◆ 关于这本书

两年前，白丁第一次在微博上联系我，问我要不要出书的时候，我把他拉黑了。

这事儿真的不怪我，如果有个人忽然私信你，说大兄弟我给你出本书吧，你会轻易相信吗？而且当时这位大哥语气特别诚恳，诚恳到好像出本书就跟去超市买棵白菜那么简单。为了证明自己出版人的身份，他还说愿意寄一些自己出版的书给我。

天哪，这不是诈骗的经典桥段吗？接下来是不是要我交点儿保证金啊！

于是在私信里虚与委蛇了一番，我偷偷点了屏蔽，然后把这事儿丢到脑后去了。半年后，有一天在厕所里读书，在最后一页上，作者写道：谢谢我的出版人白丁，没有他就没有这本书。

出版人白丁？出版人白丁！

我连手都没来得及洗就揉了眼睛，生怕自己看错了，这俩字我的确认识，这人我也认识！

我当时的心情是崩溃的，我用颤抖的双手打开微博，找到了半年前的聊天记录，点进了他的微博，看到了手中这本书的推介。我这才明白，哎呀妈呀，原来他真是个出版人啊！

等等，那不就是说，我也许，或者，可能可以出书了？！

于是我赶紧觍着脸，屁滚尿流地去找他：白丁大哥，您还记得我吗？半年前说出书的那个小甜心啊！

白丁：……

幸运的是，白丁并没有拉黑我，于是，就有了这本书。

最开始，我完全不知道自己该写什么。平时写的东西大部分是在一本正经地胡说八道。说说自己的生活趣闻，分享一下旅途中的美丽风景，卖卖萌装装傻逗大家开心，这些东西真的可以放到书里吗？正儿八经地写游记吧，我去的那些地方早就被人家去烂了，连南极都有专门的攻略，我写的小城啊、古镇啊，谁会愿意看啊？写人生经历？心灵鸡汤？拜托，我才十八岁，人都没生过，有什么资格谈人生、谈理想、谈星星月亮啊，更别提炖鸡汤给人家喝了。

我问朋友们，如果我出书的话，你们最想看到什么内容呢？

猪晓说，你写什么我都想看啊，你就放松地去写你想写的东西嘛。

兔兔则发给我一份文档，摘选了一些我博客和微博里的句子，在文档的最后，她说了这样一段话："摘了你从前博客和微博的一些句子，希望能唤起你的一些记忆和灵感。我觉得日记是过去的坐标，能迅速想起那些岁月里发生过的事情。就算傻乎乎的，也不会嘲笑它们，因为它们是真实的，完完整整只属于你一个人的。我真的喜欢你的文字，从我们不认识到现在成为朋友。我喜欢字里行间你的思想和感悟，我觉得它们很干净。刚毕业找工作那段不顺心的日子里，你的文字对我来说是非常重要的陪伴。没有看到哪个作者更新小说比得过看到你更新博客来得开心。”

“你有你的温度，不要怀疑自己好吗？”

于是我突然安心了，知道自己该写什么了。我没去过很多远方，也没那么多大道理要讲，我写的，是我看到的、感受到的、为之开心的、因此难过的人和事，写我自己的和身边朋友们的故事。

我要开开心心地享受整个写作的过程。把这本书当成一份礼物，送给十年后的自己，也送给喜欢我的人。

也许这是一本很粗糙的书，也许这也是我唯一的一本书，它不完美，却是我送给你们的小心意。

希望你们会喜欢。

PS：感谢老妈老爸知道我要出书后，第一反应是高兴而不是怀疑；感谢猪晓、兔兔、喜儿以及团子一直以来的支持和陪伴，燃烧着生命夸奖我给我信心；感谢白丁的耐心等待和指导；感谢所有的老朋友。

吉诺　2015年8月25日

序二

◆ 你好，我亲爱的陌生人

小的时候，父母总会叮嘱我，不要跟陌生人说话，否则会被抓走喂森林里的大灰狼，或者卖到泰国当人妖。

我是个既害羞又胆小的人，因此多年来一直谨遵教诲，见到不认识的人通常会躲得远远的。

却从来没有认真想想，陌生人，真的那么可怕吗？

几年前，我做了一档网络音乐节目，每个周五的晚上，推掉所有应酬，泡一杯热茶，房门关紧，戴上耳机，坐在电脑前，在一个小网站上跟一群不知名的陌生人分享喜欢的音乐，可有可无的小情绪。

那个时候，经常会收到陌生人的来信，有的给我推荐好听的歌，有的为我讲述生活里的故事。我们从未相遇，却如此自然地通过一根网线，像老朋友一样彼此交流。

节目停播后，我与这些陌生人并没有失去联系，博客、微博，任何社交网络上，都能看到这些陌生又熟悉的老朋友。我们就像生活在平行世界里的同一个人，彼此陪伴着度过了人生中一个个重要的时刻。

我常常在想，陌生人的定义是什么呢？没见过面，很少交流，对彼此的生活背景一无所知，如果用这些做评定标准的话，那么这些在网络上陪伴多年的朋友，是否应该被称为陌生人呢？

可她们在某一方面又如此了解我，甚至超过了身边的朋友。我不同于常人的笑点，她们立刻能 Get；我一段模棱两可的话，她们总知道我在想什么。我难过，她们为我流泪；我犯二，她们陪我开心……如果有一天，我失去了这些温暖的陪伴，那么我不知道自己还有没有勇气，去蜕变成更好的自己。

我想，也许我们从未陌生过，那些时间和空间的距离都被点点滴滴的回忆填满。我们从未相见，或许以后也不会见，但每当想起对方，心里会温暖，脸上有笑容，这样的人，我更愿意叫她们，老朋友。

如果，如果有一天，我们在街头相遇，我相信即使没有见过，我们也会马上认出对方。我们会献上最自然的微笑和拥抱，说一句：你好，我亲爱的陌生人。

序三

◆ 掉坑了

世界上的坑太多了。

正如你根本不晓得眼前这个看起来“哎哟，不错哟”的歌手会让你沉迷十几年；正如你第一次吃闻起来怪怪的榴梿时，并不知道自己会爱它一辈子；正如你不知道下一个遇见的人，会给你的人生带来怎样的影响。

2010 年的夏天，本着“闲着也是闲着，那就听听看吧”的想法，点开了一档网络电台音乐节目，结果不知不觉养成了每周五必听的习惯，偶尔错过一次还会觉得生活少了什么。

又有一天深夜作死，抱着“闲着也是闲着，那就读读看吧”的想法，点开了这个人的博客。那时候微博和微信不像如今这般盛行，许多人还喜欢认认真真写博客。当我看完他所有的博文后，毫不夸张地低头 180 度明媚忧伤地号啕大哭。

他太狠了。他在文字里把自己拆了，心啊、肺啊全部交代，连带着把看文字的人不肯诚实面对自己的那一面，也一并交代了。

我不禁会想，人比较容易被怎样的人触动、被怎样的情绪引发共鸣以及向着怎样的磁场靠拢，或许与我们生命所处的阶段有着重要的关联。脆弱时容易被温柔的人吸引；身处灰暗更容易看到那些散发光芒的人；心里总藏着一两个想让自己变得更好的人，即便这个人与我们从未曾相识。

尽管内心挂起预警“嘀嘀嘀，要掉坑了，快跑呀”，但我还是擦干眼泪，暗自决定，泪儿之恩，他日必文文相报。

这样的机会在五年之后到来了，昨天他说：“欸，给我写篇序，没稿费。”

我：“……”

写就写吧，他要我不要紧张，想写什么写什么，损他夸他都可以。

话虽如此，面对这个最重要朋友的第一本书，越写就越慎重，越写就越忐忑。这让我想起在他撰写这本书的两年时间里，曾经有那么多次，在他写作遇到瓶颈、自我怀疑的时候，我们给出的回应只是叫他放松就好。

“加油。”

“用轻松的心态面对就好啦。”

“做你自己，不留遗憾。”

直到刚刚我开始写序的时候，我才发现我错了。写作始终是与自己对抗的过程，需要把世界的磁场调到最大，用以洞察人心之间最细微的共振；需要用文字不断地把自己肢解，掏心掏肺地捕捉出最鲜活的跳动；需要在回忆里淘沙，找到或苦涩或甘甜的瞬间。

所以这过程一点儿也不轻松。

好在这本书终于要出版了。

这本书如同种在他心里的一棵树。他一路修修剪剪，施肥照料，随着枝叶的形状越发明朗，最后呈现出来的，想必是在他心里最想看到的样子。

现在吉诺的文字比早几年蜕变了许多。他变得温和，也更懂得自我调侃，但是骨子里老喜欢和自己较劲儿的那一面却一点儿也没变。在写作的过程里，他经历过数次推翻重写，也曾心生焦躁和不自信。没有人规定该怎么写，创作中最大的那个坎儿，源自他自己。

我们认识挺久了，有时会感觉吉诺喜欢在热闹的世界当中圈出一块地，让自己不受干扰地待着。奇了怪了，他也能独自在这个圈圈里自得其乐。安静地养养花，喂喂貂，看看书，旅旅行。雨天他把自己关起来，晴天他把阴郁拿到阳光下暴晒；隔一段时间他会把圈圈和心情清扫得十分干净。

所以读吉诺的文字心里总是很静的。会发现他对自己有着百分之百的忠诚，包含着面对阴暗和不完美的坦然以及他所执拗的小小骄傲。

有时候仔细想想那些让我们牵肠挂肚的人，想想他们身上的闪光点，就会恍然大悟：这个坑，明明就是老天蓄谋已久把我们推下去的。唉，所以掉不掉坑这件事儿，根本没的选嘛。

每一个掉坑的人都为他人“哭着笑着平凡着”过，却也不能否认我们沿着他人的轨迹拓宽了自己的生命。世界上的坑太多了，我会庆幸还好当时没错过这个。

坑底的兔兔　2015 年 8 月 27 日

只要微笑就好 / 旅行的意义是什么 / 有故事的人 / 驻唱歌手 / 我亲爱的房东们 / 冰城不太冷 / 不能回家的青年们 / 趴体动物 ▶

Chapter ㊀

◇

我们初次遇见，却相识已久

趴体动物

我实在理解不了外国友人对于Party的热衷，不管什么事儿都要有个趴，生日趴，毕业趴，结婚趴，单身趴，就连隔壁王老二家的狗生了个孩子都要趴一下，仿佛世界上只有趴这一种庆祝方式。趴体多累啊，要喝酒，要应酬，狂野一点儿的话还要跳舞，老胳膊老腿的，万一扭伤了，十天半月下不来床，双腿之间还有那种撕裂般的痛楚，更可怕的是如果真的喝多了，真的"趴"了，那多难受多丢人啊！

在悉尼的时候，第一个合租的室友是外表文静的小姑娘，在银行上班，每天白衬衫黑裙子，光洁额头马尾辫，说三句话就脸红，轻声细气，感觉特别淑女。可是小淑女到了周五的夜晚就摇身一变，成了魔力宝贝。烈焰红唇，睫毛弯弯，超迷你小短裙，太阳落山拎着小包准时消失，周日下午才披头散发回家，窝在房间萎靡半天之后，周一又恢复正常。我一开始思想淫邪，以为这姑娘从事什么不正当职业赚外快，后来才知道，每个周五周六，是她们那群小姐妹的Party Time，用人家的话说，是为了发泄一周以来的压力。

说起趴体，我有N个不喜欢的理由。首先，比起一只趴体动物，我更愿意当只软体动物。我这人特懒，放了假必须宅家里，被窝是我的小天地，在里吃在里拉在里面放屁崩爆米花。出门参加趴体，肯定要打扮得人模狗样，难得的假期，让我花几个小时梳洗打扮，出门寻欢作乐，还不如胡子拉碴在家打游戏呢。其次，我很做作，虽说本质是个二逼青年，可在不熟悉的人面前非得装小清新，扮高冷先生。趴体上大家都那么high，几杯酒下肚，称兄道弟你姐我妹的，这时候人家跟我说贴心话，你说十句我回一句，你说哥俩好，我说哦。你不想揍我吗？不光惹别人生气，我自己也不自在啊。而且我那么馋的人，趴体上有什么好吃的，我还不好意思敞开肚皮去啃，多难受。最后，也是最重要的一个原因，就是我跳舞真的太丑了。都说上帝是公平的，给了你一样就拿走了另一样，虽然现在我还没发现给了我什么，但可以肯定他老人家绝对拿走了我跳舞的技能。以前跟朋友去酒吧，两三杯小酒下肚顿时飘飘然，听到喜欢的骚歌，拉着朋友就冲进舞池了，结果不到十分钟，朋友就被我臊跑了，本来能跳贴脸舞的场子硬是被我丑出半径一米的空地。回来听他们说我跳舞难看我还不乐意，怎么可能呢，我觉得自己跳得挺好看，扭得那么起劲儿、那么忘我，简直是位燃烧灵魂的舞者。结果有个特别贱的朋友录了一段我跳舞的视频，我看了之后就消停了，因为从头到尾我看到的只是一个精神病患者用不太灵活的手脚跳大神，同样的音乐，人家跟着扭是舞棍，我跳起来就是根儿木棍！

综上所述，我基本上跟趴体无缘，不过在短短十八年的人生中，我也或多或少参加过几次派对。第一次是个汽车趴，说是趴体，其实叫酒会更合适一些，在一个类似汽车展厅的地方，一堆穿着礼服西装的澳洲中产阶层白人老爷们儿老娘们儿，拿着洋酒欣赏名车，感觉特像文艺电影里的画面。而我就跟隔壁搞笑剧组穿越过来似的，记得当时我穿了件绿色的阿迪外套，破洞牛仔裤，白球鞋，头发比鸡窝好不了多少，连那些端盘子的服务生都比我洋气。最重要的是，我是这场酒会里唯一的有色人种，刚进门就享受到了全场注目礼。这事儿都怪我寄宿家庭的男主人 Jason，一位澳洲卷毛男人。这家伙特别喜欢车，尤其是古董车，每天的爱好除了修草坪玩《魔兽世界》逗孩子躺地上冥想差点儿被我不小心踩死外，就是鼓捣他那辆年龄可能比我还大的古董车，我是看不出来这古董车跟普通车有什么区别，不过 Jason 爱得死去活来。因此得知有这么一个古董车酒会之后百爪挠心，说什么也要参加。但是他的太太 Sophia，一个来自杭州的女子，特别不喜欢车，她只喜欢大米饭。所以为了是否参加这场酒会，两口子用外语叽咕叽咕争论了好久，最后 Jason 头上灯泡一亮，指着坐在沙发上啃 pizza 的我说：“哦，Gino 跟我说他也想去见识一下，他从来没见过这些牌子的古董车。”因为他们的语速太快，我只听懂了“去”

和“不去”，看到 Jason 挺激动地指着我，我以为要带我去吃什么好吃的，赶紧跟着起哄说“go，go，go”。Sophia 想了一下，觉得我这个寄宿的小可怜儿挺不容易的，背井离乡独自在外求学，连古董车都没见过，于是同意带我去长长见识。在 Jason 的欢呼中我也没多想，结果第二天这位大叔一身西装到学校接我的时候，我彻底傻眼了。

我：“你怎么没通知我要穿正装？”

他：“我忘了。”

我：“我可以回去换西装吗？”

他：“来不及了。”

我：“那我不去了。”

他：“我可以免你半个星期房租哟。”

然后我很有骨气地上了车，结果当我格格不入地坐在一群西方贵妇精英中间时，我恨不得穿越回去把 Jason 杀了。其实这些老外也说不上不友善，他们会礼貌地跟你交谈，只是微笑不到眼底，语气中有道墙，把人挡在千里之外。虽然人家没说，但你可以明显地感觉得到，你是个外来人，你跟他们不是一个阶层的，你可以看，但你别想到他们身边去。

这场酒会可能是我人生中参加过的最高级也是最无法忘记的趴体，如果当时没有遇到一个为我解围的贵人，恐怕我要做好久的噩梦了。

第二个趴是在万圣节，地点是在悉尼市中心一家比较有名的酒吧。因为过节，澳洲人民都乐疯了，从早晨开始就出现各种妖魔鬼怪，什么僵尸吸血鬼南瓜精满街疯跑。不过虽然妖怪多，种类却是有限，我一个小时内看到十几个吸血鬼，不禁感叹国外的妖精种类太少了，哪像咱国家，地广物博，精怪特多，老虎精兔子精蛇精狐狸精鸡精，花妖树妖山神雷神，就连一块地瓜都能修炼五百年成个精。

晚上的趴体自然是化妆趴，我们几个小伙伴，男男女女，提

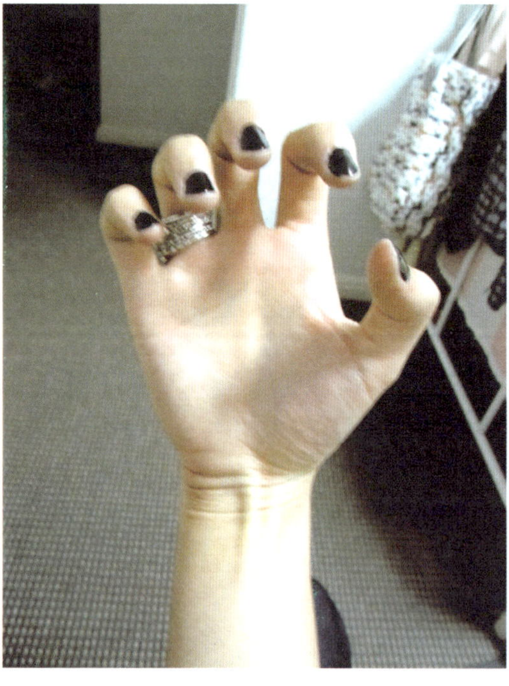

前跑到一位朋友家做准备，准备把自己画成鬼。女的基本是大白脸配大红唇，男的则是烟熏妆配黑指甲。化好妆后我在客厅里边看电视边等他们出门，其间一位合租的哥们儿回来了，开门进来看到我，说了句我去撒丫子就跑出去了，隔了好一会儿才重新开门探头进来。

这场趴体倒是玩得比较开心，我们去的酒吧里大都是附近的学生，气氛十分友善，而且由于有壮硕的保安，也不大会有人醉酒闹事。我们先喝了几杯伏特加配红牛，又干了几瓶啤酒，然后又喝了点儿别的酒，然后我失去了知觉……睁开眼睛时已经在一辆公交车上了，乘客只有我们几个，小伙伴们像吸了大麻的兔子，直愣愣地看着窗外，迷糊中我又闭上了眼睛。随后发现自己躺在了沙滩上，太阳从海平面上破壳而出，几个晨跑的人路过我们，友善地打了招呼。海风吹在脸上，体内的酒精发酵，整个人都晕乎乎的。不知道是谁提议的，我们玩起了一二三木头人，谁是木头人谁是鬼我已经记不清了，脑海中的画面定格在刚睁开眼睛时，大家一起对着大海发呆的景象。回去的路上我亲爱的室友老苏崩溃了，因为我已经醉到毫无自理能力。老苏说，她用仅存的人性和吃奶的力气，把我连拉带拖地弄回了家。这场趴体给我留下的，除了第二天惨绝人寰的宿醉，还有鞋子和衣服里的沙。

第三个趴是在新西兰南岛旅行的时候。那天我们路过了一处鸟不拉屎的荒野，方圆几十里，只有一间小石屋，石屋后面是用数十个车厢搭建成的宾馆，每个车厢是一个房间，里面有六张床。酒吧主人是两个大胡子老头儿，长得特别像恐怖片里的凶手。其中一位胡子爷爷狰狞地对我们笑笑，说让我们晚上不要出门，否则被熊吃了他可不负责。随后他又补充道，为了发泄你们这帮年轻人旺盛的精力，今晚我们酒吧有个趴体，大家要打扮成以P这个字母开头的东西，最佳装扮者可获得洋酒一瓶。我不知道这瓶酒有多珍贵，不过看周围的老外们打了鸡血一般，也跟着兴奋地“哇哦”了起来。趴体晚上八点开始，我们有六个多小时准备。可打扮成P什么呢？我们几个中国男孩女孩一边斗地主，一边苦苦思考，忽然同屋一位姑娘拍案而起，甩出一副同花顺，大喝：“老娘今晚就是POKE LADY了！”然后她找了一根麻绳，把扑克牌串成项链挂在脖子上，穿了条大红裙子飞快地出门了，剩下我们一帮人目瞪口呆，手里还拿着没出完的牌。随后小伙伴们纷纷找到目标，有的穿黑背心黑紧身裤戴黑帽子扮演pencil（铅笔），有的在后背和头上贴了几张长条彩色纸壳假装自己是peacock，总之什么都有，群魔乱舞。我这么有品位的男孩子，肯定不屑于跟这帮妖魔鬼怪为伍，要么就美，要么就萌，要么又美又萌的。那我扮什么呢？哎呀，我不是带了一件熊猫短袖吗？那就化装成熊猫（panda）好了。滚滚多萌呀，还是国宝呢，肯定人见人爱么么哒。我抢了同屋一位姑娘的眉笔，给自己画了两个黑眼圈，一个黑鼻头，六道黑胡子，换上熊猫短袖，为了更像熊猫，我还把后脑勺的头发抓出两个小鬏鬏假装熊猫耳朵。看着镜子里的黑眼圈

少年，我沉醉了，今晚的第一名拿定了！

结果到了酒吧我就开始问自己，到底哪儿来的自信让你觉得自己赢了。这帮老外太敢玩也太会玩了吧！打扮成植物（plant）的大姐用绿报纸把自己包了起来，整个人坐在花盆里；打扮成海盗（pirate）的大哥上半身赤裸，自带文身，用黑布蒙了一只眼睛，不知从哪儿弄来了一顶海盗帽子；还有穿迷你裙的变性人、一身毛的鹦鹉（parrot）。最让我吃惊的是场上还有一只熊猫，竟然还是英国来的！这位一米九的哥们儿把枕头撕了，用胶水把里面的白毛全粘在自己身上，胸口和屁股部分涂黑，还有两只萌萌哒的小耳朵，最重要的是他的身材圆圆滚滚，看上去就跟真的熊猫一样。两相对比，谁都会说他是只熊猫，而我更像只臭鼬！更可恶的是，这只英国肥熊猫看到我，还专门跑过来跟我合照，问大家我们俩谁更像一些，实在太有心机了！结果当然是他赢了！

果不其然，最后全场最佳装扮就是他，那瓶洋酒被他拿走，而我得到的，只有两个黑眼圈，回去后洗了好久都没洗掉。

所以趴体什么的，最讨厌了！

不能回家的青年们

我的好朋友猪子今年三十，皮肤白，样子美，身材不错，脑子聪明情商高，工作是铁饭碗，名下有车有房，除了胸小点儿，没什么别的缺点了。按理说条件这么好的姑娘，早该结婚了，可不知道为什么，猪子目前还是单身。

因为同是吃货，我和猪子很快打成一片。午休、下班、放假，只要有空，打听到哪里有好吃的，彼此发条短信打个电话，立马成了一个饭局。两三年下来，这城市里的馆子快被我俩下遍了。酒足饭饱，我们聊很多话题，热映的电影，同事的八卦，想买的东西，等等。谈天说地，唯独婚姻我们很少聊起。有意无意地，彼此都会顾忌躲避，有些事情太私人了，就像内裤的质地，舒不舒服只有自己知道，再好的朋友问着也不合适。

有段时间，猪子被家里逼着相亲，一个月内介绍了好几个，从结果上看，大多是不靠谱的青年。其实要说条件，门当户对的也差不到哪儿去，据说有位还是在中东搞石油的，那妥妥是土豪

啊，听得我都心动了。可猪子愣是一个没看上。条件好的没感觉，有感觉的吧又想再观察观察，可时间长了，最初的那点儿感觉都给拖没了。猪子回家跟父母一说，二老火冒三丈："要什么感觉啊！日子不就是凑合地过吗！我跟你爹（妈）凑合了一辈子，这不也挺好嘛！"

"可我就是不想凑合，不想委屈自己啊！"猪子委屈地说。

猪子不想凑合，猪子的父母逼她凑合，未婚男青年跟不要钱的大白菜似的，一个一个地塞过来，猪子觉得再这样下去，自己要得相亲恐惧症了。惹不起，只好躲了，那段时间猪子每天呼朋唤友陪她吃饭，能拖多晚就多晚，等爸妈都睡了才敢进家门，早晨起得比鸡还早，趁爸妈没起床赶紧梳洗打扮落荒而逃，难得的假期连懒觉都不敢睡，宁愿找个咖啡厅消磨时光。

"这种有家不能回的日子啥时候是个头啊？"猪子说。

我说："也许要等你有了自己的家庭的时候吧。"

我身边有类似经历的女性朋友还真不少，女孩子超过二十五岁未婚的，恐怕就要被人催了。好一点儿的帮你介绍对象，缺德一点儿的就说你是老姑娘，嫁不出去是不是有什么问题啊。朋友花花今年刚二十五，家里就急得不得了，一周安排三四次相亲，而且相亲的对象什么妖魔鬼怪都有，A 比花花矮了一头；B 特不讲究卫生，指甲长得可以练九阴白骨爪，满脑袋头皮屑，一摇头雪花纷飞；C 是个直男癌患者，自己月收入才三千多，没房没车，还嫌花花不是事业单位工作不稳定；D 倒是最靠谱，三十出头，经济条件不错，长相个头相称，可问题是，人家去年刚离婚，孩子都三岁了。花花气得吃了三碗饭：老娘条件再差也不至于给人家当后妈吧？

"我就不明白了，难道一个女人要幸福，就只有结婚这条路吗？"她说。

说实在的，我也不明白，婚姻怎么能跟幸福画等号呢？单身多好呀，一人吃饱，全家不饿，每个月的工资想买什么就买什么，自己的房子想怎么布置就怎么布置，休息的时候可以约朋友出去旅游玩耍，不想出去就宅在家里玩游戏，可以养猫养狗养鱼，一张 KING SIZE 的床可以打着滚睡，想睡到几点就睡到几点。怎么就非得找个人，来分我的钱、睡我的床、劳我的心力费我的神呢？一想到早晨起来，看见另一个枕头上躺着另外一个人，我的心里首先浮现的不是幸福，而是一种私人领域被侵占了的不快。

单着，怎么就不幸福了呢？

可父母告诉你，单着就是不幸福，大龄未婚就是不孝顺，人家都结婚了你不结婚，就是不正常！因此，但凡我们这个岁数还单着的，哪个肩上没背着数以万计的催婚唠叨，如果语言可以物化为重量，我想每天都有许多人要被压死了。

根据朋友们的血泪史，我总结了一下，催婚主要分两种，一种是委婉提醒型，比如全家正一起看八点档呢，老妈忽然来一句：你看这小两口甜甜蜜蜜多好呀，你看那高圆圆，你看那范冰冰，你看那杨幂幂，美不美？美吧？要我有这么个儿媳妇就好了。或是散步时遇到小区里的邻居，看着人家抱着孩子逗弄，老爸瞬间一脸伤感，坐在椅子上痛唱："时间都去哪儿啦，还没好好看看孙子就老啦。"

总之不管什么话题，最后都能以"什么时候结婚"结尾。就连"今天天气挺冷的"，都能用"活该冻死你，谁叫你不找个老公暖被窝呢"来结尾。这些婉转的提醒就跟卡在嗓子里的鱼刺似的，不疼也死不了人，可总是不上不下，让你别扭不痛快。

另一种是直白型，下班回家，一张照片甩你脸上，或是一个电话号码发手机上，说"赶紧去相亲，不去就别回家了，别吃饭，别想好好说话了"。或是在你照镜子时忽然冲进来，说"还臭美什么呀，长得跟花儿似的，也没人看啊，快三十了，赶紧滚去结婚吧！"简单粗暴的方式像把大锤子，Duang的一下，砸得你眼冒金星，涕泪横流，晕头转向。

当然，父母这么着急，是为了子女好。可他们不明白的是，有时不结婚不是因为不想，而是没有遇到合适的人。这不是一个可以凑合过日子的时代，我们也不是可以委屈自己的人。一辈子那么长，如果每天要面对一个不爱的人，那是件多么可怕的事啊！缘分到了，自然就结了，在此之前，顺其自然就好。

My little airport 有首歌叫《给亲戚看见我一个人吃吉野家》，歌词是这样的：给亲戚看见我一个人食吉野家 记得童年曾与他同玩耍 我与他应该年纪也差不多吧 今晚发觉他已成了家 多年来碰到亲戚我亦有点怕 近况如何尽量讲得不太差 给亲戚看见我一个人食吉野家 还有什么以后可以怕。

是啊，如果亲戚看见我一个人吃吉野家，一定会打电话告诉我妈，那天晚上我肯定也不敢回家了。

冰城不太冷

这些年，每当得知我来自冰城哈尔滨时，一部分朋友会声情并茂地对我展开双臂，放声歌唱：你的家在东北松花江上啊？另一部分则会睁着好奇的大眼睛，问我：松花江上是不是漂了好多松花蛋啊？你们冬天在外面尿尿小鸡鸡会不会被冻住啊？你们那边是不是满地黑社会啊？你爸是不是黑社会啊？

对前一部分人，我会豪放对唱：那里有漫山遍野的大豆高粱啊！而对另一部分人，我则会用看动物园里的猴子那种慈爱的目光，耐心回答：松花江上没有松花蛋，你见过牡丹江上有牡丹、黑龙江里有黑龙吗？你可以试试在外面尿尿啊。你爸才黑社会，你大爷大伯都是山口组的！

外人看来，哈尔滨就该是四季如冬白雪皑皑的，哈尔滨人都应该是《智取威虎山》里杨子荣那个造型，男的裹皮袄戴狗皮帽子，女的穿红绿花大棉袄，男女老少出门都该赶着几只傻不溜秋的狍子，一边甩着皮鞭一边唱二人转……可实际上，哈尔滨并不总是寒冷的，这里也有四季，只是这里的四季不体现在花红柳绿上，而是看人们身上的衣服。

哈尔滨人爱美。有句土话是这样说的：不怕家里着火，就怕路上摔跤。指的就是哈尔滨人把值钱的东西都穿在了身上。虽然有点儿夸张，可足以表现出这里的人有多爱美。这个城市的人吧，不管是老爷们儿还是老娘们儿，骨子里都有点儿小骚气。在万物复苏的春天，小姑娘大嫂子脱下厚厚的棉服，开始穿红戴绿，什么春捂秋冻，小裙子换上，薄外套穿起，露胳膊秀大腿才是正事儿；炎热的夏天，小伙子老爷们儿大多换上紧身短袖，勾勒出优美的体形，甩出健硕的膀子，剃得发青的毛寸，有的还露出文身，戴着小墨镜，又痞又帅；秋天风衣毛衣冲锋衣，冬天各式羽绒服。早些年不讲究“没买卖就没杀害”，貂皮大衣流行得很。对哈尔滨女人来说，有件小貂儿是特有面子的事儿。买了貂皮，那可得好好出去显摆显摆，甭管是去哪儿，就算去家门口的早市买个菜，也得穿貂儿！小时候去奶奶家过年，大娘二娘三娘包括我妈一人一件貂儿，黑的白的红的花的，简直像进了貂窝。不过貂皮这东西，穿得好了是好看、贵气，穿不好了就很搞笑了。如果是苗条的小姑娘，上身黑色貂儿，下身两条大白腿，烈焰红唇，那真性感！可中老年妇女身形通常比较肥美，穿上貂儿就……在冬天的哈尔滨，你随时可以看到街上行走的“北极熊”和“黑熊瞎子”，会怀疑自己到了大兴安岭。用我爸的话说，这要是在树林子里这么穿，非得让猎人当野兽打死不可。

哈尔滨的冬天真冷啊，每年迫不及待地就冰天雪地了起来。暖和点儿零下二十多度，要是老天爷不高兴了，那就得零下三四十度。冬天根本不需要冰箱，想要冷冻效果，就把东西放在窗外，一个晚上冻得硬邦邦的。想保鲜，就放在没有暖气的阳台里，十天半个月不带坏的。车子要放在暖库，否则打不着火。人想出门，必须全副武装：先穿秋裤，秋裤外面是棉裤，棉裤不够再来条保暖裤，上半身也不能含糊，秋衣衬衣毛衣羽绒服，帽子手套口罩围脖，捂得严严实实才敢出门。可即便这样，在外面走个十几分钟，北风一吹，也冻得透透的，呼出的热气瞬间结了冰，在口罩上凝成一团白雾。

青春期的孩子们爱臭美，觉得戴帽子丑，为了耍帅光着脑袋冲出家门，一路走到学校，耳朵都要被冻掉了，进了屋龇牙咧嘴鼻涕横流，缓上好一会儿才能暖和过来。有时候洗了头没干，到室外瞬间满头冰棒，演超级赛亚人都不用化妆。

哈尔滨的冬天也不适合伤心，都说北方姑娘坚强，那都是被冻的。打个哈欠睫毛都起白雾，眼泪还没滑到下巴，就被冻在了脸上，谁还敢哭啊！初三那年冬天，有一次摸底考我考砸了，比同桌王二妮低了几十分，那时候我比较纯洁，回家路上想到自己羞人的成绩，想到王二妮那嚣张的小嘴脸，不禁流下了悔恨的泪水，然后……然后就睁不开眼睛了……

虽然很冷，可哈尔滨的冬天一直是我最爱的季节。爱它的美丽纯洁，爱它的乐趣多多。入了冬，即使不下雪，这座城市也是白茫茫的。天空特别清澈，地面特别干净，在绝对低温的环境下，你也不必担心什么病菌，早就被冻死了。大街小巷成了冰雕展示场，有的是市政部门统一规划的，有的是单位自己设计的，有动物，有人物，有花花草草，在冰里面串上小灯泡，通了电一闪一闪的，好看极了。

当然，最美的时候还是下雪天。整个城市就像穿了棉衣，房顶、马路、江面，到处银装素裹。雪花飘到每一个角落，在地上铺起厚厚的棉被。一脚踩下去，发出“嘎吱嘎吱”的响声。这里的雪不粘人，落到衣服上也不化，不去管它，很快就被风吹走了。进屋之前拿手套拍拍打打，就不会打湿衣裳。

在这种天气行走，虽然耳边有呼啸而过的北风，也有车辆的鸣笛，可一片冰天雪地中，硬是有种万籁俱寂的感觉。

当然，除了漂亮，这里的冬天也是好玩的。江面结了冰，足有一米多厚，十几个大老爷们儿在上面跳都没问题。春夏秋要坐船才能到江对面，到了冬天，在冰面上开车过去就行。江面成了天然的游乐场，大人带着孩子，孩子拿着爬犁，有的穿着冰鞋。这可跟那些室内滑冰场不一样，场地无限大，没有栏杆，不按小时收费，想滑多远就滑多远。摔倒了也没人笑话，大家都沉浸在自己的快乐里，谁有空看你呢？

而对于哈尔滨的孩子来说，这种在冰雪上玩耍的快乐是从小到大的。上学时组织劳动，每次我都假装头疼肚子痛屁股疼请假回家，唯独扫雪的时候，百病全消，比谁都精神。我们从自己家里拿扫帚或者铁锹，早早在学校集合，老师分配好区域，四五个人一组，一声令下，各自撒欢儿。一开始还是认真干活，可不知谁起头，扔个雪球过来，瞬间炸了窝，你丢一个砸了我，我回两个砸了他，渐渐整个班级都加入了雪球大战。心眼坏的，拎起一个雪球，偷偷跑到人家背后，扯开衣领一把塞进去，那真是一个透心凉，被塞者吱哇乱叫，偷袭者捧腹大笑。

玩累了，浑身大汗，就找块没被踩躏过的雪地，瞄准最厚实的地方，纵身躺下去，反正衣服厚不会冻着，在雪地里傻乎乎看着天空发呆，雪花一片片落在脸上、鼻子上，心里一片宁静。躺够了，小心翼翼地站起来，雪地上就留下了一个清晰的人影，越完整，越有成就感，谁要是不小心踩了一脚，没准儿就得打上一架，最后被老师抓去罚站。

大学以后，我离开了哈尔滨，那些关于冰雪的记忆也逐渐模糊了。可走得再远，对于冰城的爱也不会消减。我爱这里的老少爷们儿，他们不藏着掖着，就连臭美都光明正大的；我爱这里的冬天，不潮湿，不冻骨头，坦坦荡荡地冷；我爱这里的每一个角落，它们陪我度过了最宝贵的青春时光。每当想起哈尔滨，一头发情的小狍子就出现在我的心里，又蹦又跳地撒欢儿，勾得心痒痒的，总想回到美丽的冰城，在那片没有脚印的雪地里拼命打滚儿。

我亲爱的房东们

（1）Jason 和 Sophia

一个人在外面，最常打交道的不是同学、朋友、同事，而是房东。租到一间好的房子，就像娶了个好老婆，白天在外打拼不管多辛苦，晚上回家，温言细语，你侬我侬，身心舒畅，什么疲惫都没有了。要是摊上个恶婆娘，一会儿漏水，一会儿停电，折腾来折腾去的，哪还有心情忙事业学业呢？而房东就像是岳父岳母，房子就是他们生养的好闺女，呵护得亭亭玉立，就等着靠谱的小伙子去迎娶。

我刚到悉尼时，因为实在没有自理能力，家人担心我把自己饿死，托中介帮我找了家 Home Stay，也就是寄宿家庭。寄宿家庭，顾名思义，就是你要寄宿在别人的家里，他们提供三餐，帮你洗衣服，打扫卫生，把你当自己的小孩儿。不过享受这种家庭的温暖，要伴随着高昂的费用。同等大小的公寓，别人一周是 150

澳币，寄宿家庭却要250澳币。哦，你看这是多好的数字。当然，并不是所有的家庭都能成为寄宿家庭，需要经过层层审核。首先你得是合法公民，有合法的伴侣，没有犯罪记录，有自己的房子。然后你要提前去申请，申请通过后，会有专门的工作人员到家里考察，经过了严格的审核后，合格了，才可以成为寄宿家庭。

我所在的寄宿家庭的男主人，是个三十多岁的澳洲本土人，名叫Jason。Jason金发碧眼，身材标致，就是头发稀疏了点儿，而且是个宅男，最大的爱好除了打《魔兽世界》，就是平躺在客厅的地板上发呆。而这两个爱好颇有关联，通常是Jason因为玩《魔兽世界》不节制，被妻子臭骂一顿之后，为了表示自己不开心，就会赌气平躺在地板上。我第一次见到这副光景，是晚上出来撒尿，发现地上躺了个人，吓得差点儿尿裤子。据Jason本人讲，这么躺着，有助于他思考。至于思考什么，他就没说了。

女主人叫Sophia，澳洲大街上，你喊一声这名字，十个人里有九个回头，其中可能还有男的。Sophia来自杭州，跟Jason是大学同学，两人在学校里不学好，偷偷摸摸谈恋爱，毕业后顺理成章结了婚。Sophia作为一名全职太太，每天最大的爱好就是去超市搜寻打折货，还有透过窗帘窥探左邻右舍的生活，对面的男主人在门口挖个鼻屎，隔壁的太太被猫挠了一下，整条街上的琐事她都如数家珍，简直就是活动的情报网。

Jason和Sophia有两个儿子，大的叫Kamman，五岁；小的叫Bill，四岁。因为总是读不准他们的名字，我干脆偷偷叫他们大傻和二傻。混血的小孩子长得很漂亮，看着像小天使，可是淘气起来简直就是小恶魔。因为还没到读书的年龄，澳洲又不兴学前教育，两个孩子天天在家闹腾，院里院外都鸡飞狗跳。Jason 不在的时候还好，Jason 在的话，一只大猴子领着两只小猴子，破坏力简直加倍。我每次去浴室洗澡，都得把门紧紧锁上，因为这俩孩子总爱直接撞门进来，我倒不怕胯下的巨龙走光，只是担心教坏小朋友。

寄宿家庭的本意是给人家一般的温暖。但对于已经大学毕业的我来说，哪怕这一家人都十分友善（当然可能是看在寄宿费的份儿上），让我接受一个陌生的家庭，也是个十分艰难的过程。而且我本身就是个很慢热的人，跟人从陌生到熟悉，需要非常长的一段时间。来到澳洲，跟 Sophia 还好，跟另外三个外国人语言不通，生活习惯不同，磨合起来很困难，其间也产生过许多不愉快。比如 Sophia 喜欢把我的衣服跟他们的混在一起洗，比如她崇尚饮食健康，煮菜不放盐，我吃着淡出鸟来。再比如我跟 Jason 说话总是很别扭，担心自己的语法、单词出错误，越担心越出错，越出错就越不想说，最后干脆眼不见心不烦，他在客厅我就回卧室，他在厨房我就去厕所。再再比如偶尔晚上会听到主卧里夫妻“嗯嗯啊啊”的声音，尴尬得要命。

当然熟悉了之后，寄宿家庭就可爱多了。生活上，Jason 和 Sophia 给了我很多照顾，带我去办银行卡和保险，怕我吃不惯西餐，Sophia 特意买了大米，按时给我做中餐。Jason 订了 pizza

总会叫上我，还邀请我一起打《魔兽世界》（虽然我一点儿兴趣都没有），两个混血小可爱总会拉着我一起玩耍，还会偷偷塞糖果给我。我的英文也变好了，虽然还是磕磕巴巴，但是可以正常跟大家交流了。每天晚饭过后，大家坐在门口的竹椅上，看着夕阳，聊一天的趣事，多么有一家人的感觉。

除了这些，Jason 和 Sophia 也逐渐像真正的父母那样，照顾我，约束我，甚至给我设定了晚上十点前必须回家的规定。有一次我去参加聚会，因为玩得太 high，一直到晚上十一点多才回家。走在黑乎乎的社区里，远远就看到，整条街上只有我们家里的灯亮着。蹑手蹑脚打开门，发现习惯早睡的 Jason 正在客厅看电视。我有点儿抱歉，感觉自己打扰了他休息。

“I am sorry ，I am late.”我说。

“That’s fine.”他对我笑笑，然后关灯，回房睡觉了。

这一刻，我觉得这个临时的家，真的有种家的温暖。

（2）Anita

在 Jason 和 Sophia 家寄宿了三个月后，我习惯了悉尼的生活，便搬了出来，自己租房。

悉尼租房分为两种，一种是 House，就是那种有院子的房子，有的是一层，有的是两层。House 相对便宜，但是环境要差一些。还有一种是 Apartment，也就是高层公寓。这种比较贵，可是在管理上，还有在生活上都要比 House 好，而且最重要的一个原因，是虫子比较少。

虽然不喜欢虫子，但我真的不是个矫情鬼，不会因为看到一只蟑螂就尖叫，也不会因为踩到一只毛虫就昏过去，我甚至还徒手捏爆过一只蜘蛛（虽然后来很想把自己的手剁了）。之所以把虫子少作为选择租房的一个标准，是因为澳洲的虫子真的很吓人。你见过柚子那么大的蜘蛛吗？澳洲有。你见过水管那么粗的蚯蚓吗？澳洲也有。拳头大的蟑螂？随处可见。蜻蜓那么大的蚊子？小意思。更可怕的是，这些虫子不仅体形大，很多还有毒，被咬一口那可是要命的。附近的一家公共餐厅，就因为出现了一种有剧毒的蜘蛛，被迫停业一周，请了专业的人员来处理。

因此我没怎么挣扎，就决定选择 Apartment。正好有个朋友毕业回国，便把她的房东介绍给了我。我也因此认识了我的第一个合住的房东，Anita。

Anita 是个厦门姑娘，来澳洲快十年了，已经拿了身份，目前在银行工作。我们合住的房子，是她贷款买下来的。房子在 Apartment 的五楼，里面是复式，一共两层。第一层是我们两个各自的房间，有内置卫生间。二层则是公共客厅、厨房和阳台。虽然做饭和娱乐设施都在二层，但我们其实很少使用。Anita 是因为工作比较忙，顶多在冰箱里拿点儿吃的。我则是懒得爬楼，买了个小冰箱放在屋里，吃喝拉撒都在房间里。

虽然是合住，但其实我跟 Anita 并不是很熟，因为我们两个

见面的次数实在太少了。通常每天我起床的时候，她已经出门上班；晚上我睡觉了，她才回家。周末是她的狂欢日，周五晚上就不见了踪影，周日晚上才回来。而且就算两个人都在家，也是宅在各自的房间里。因此除了每个月交房租，或者是有事儿商量，我们很少碰面。

为数不多的几次谈话里，让我印象最深刻的是在澳洲过的第一个腊月初八。那天老妈连续打了好几个国际长途过来，叮嘱我要煮腊八粥喝。其实我对于这种节庆性的食物是可有可无的，因为想吃的时候，随时都可以去做，但耐不住老妈的坚持，于是中午顶着大太阳，去附近的超市买了需要的几种米和豆子。回家的时候，发现 Anita 正在厨房忙活。见我回来了，她笑着对我说：“我煮了腊八粥，一起喝吧。”然后我们两个算不上熟的同居者，就坐在沙发上，一边看澳洲的新闻，一边喝起了粥。我这才发现两件事情，一是 Anita 的厨艺比我强太多了，二是她笑起来竟然有两颗小虎牙，看着十分可爱。

一起住了一年多，我和 Anita 并没有像电视里演的那样，成为无话不说的好朋友，我们的关系还维持在见面笑一笑的状态，而我觉得这样也就足够了，至少在此期间，我们并没有像有些房东与房客之间，因为一些琐事闹不愉快。我知道，并不是所有的人都能成为朋友，有时候，尊重彼此的生活，相安无事地陪伴，也是一种美好的状态。

（3）董先生

研究生毕业后，我回国找工作。当时抱着闯一闯的想法，没有听从家里的安排，一个人到了很远的沿海城市打拼。也许是狗屎运比较强，竟然找到了一份还挺靠谱的工作，于是在面试之后，我收拾行李，准备入职。老爸蹲在阳台抽了一晚上烟，决定跟我一起过来，帮我找房子。

其实找房子对我来说，并不算个事儿。在外面住了这么久，早就习惯了租房到期，背着拖着大包小裹到处找地方住的生活了。实在没合适的，还能在快捷酒店窝几天，这要在国外，酒店价钱那么贵，我只能住大桥底下了。但对于老爸来说，我是什么都不会做的小少爷，永远需要他来帮我把关。在他看来，我找的房子很可能是那种危房，或者会被假房东骗走一年的房租，最后坐在大街上痛哭。对于这种怀疑，我是不想解释的，反正有老爸帮忙找房，我更放心。

我是个很龟毛的人，对租房的要求很多。首先要离单位近，不然每天上班下班在路上花费那么多时间，简直是浪费我的生命；其次是一定不能太旧，老楼里很容易有虫子，在澳洲这几年，虫子这种生物已经彻底打败所有其他物种，成为我心里最恐怖的东西。如果贞子和一只蟑螂同时站在我面前，我宁可跟贞子拉手当好朋友；家具电器一定要全，床和沙发总得有吧，空调不能我自己装吧，电视倒是无所谓，但热水器肯定要好用，如果可能，最好还有一台洗衣机。

我绝对是我爸亲生的，否则世界上不可能有第二个人能忍受我各种挑剔，愿意陪我看一处又一处房子。有很多次我能看到老爸额头上爆出青筋，牙齿磨得咯咯响，把中介小哥吓得直哆嗦，生怕这凶狠的大叔一生气把他打死。不管过程怎么样，最后我们爷俩用了半个月的时间，终于定下一处比较满意的房子。之所以说比较满意，是因为房子是老房子，而且没有洗衣机和微波炉。不过老爸为了防止我再折磨他，拍着胸脯表示住之前会请清洁阿姨拿 84 消毒水全部擦一边，什么虫子都弄死，洗衣机和微波炉他给我买。

一番折腾之后，我终于住了进来，也认识了我的房东董先生。董先生比我爸小两三岁，是个土生土长的山东大汉。年轻的时候也是帅哥一枚，不过人到中年开始发福，头发稀疏了，有了啤酒肚。董先生是位钢琴教师，每天的生活很规律。因为就住在我的楼下，每天上班下班经常遇到。董先生有个刚上小学的儿子，和其他教师的孩子一样，小家伙每天都被逼着学这学那，尤其是要练钢琴。每天晚饭过后，楼下就会传来叮叮咚咚的琴声，说实在的，这孩子琴艺实在不咋的。大概董先生也知道这一点，所以有时候除了“小鸭子练习曲”，还会传来孩子痛哭流涕和大人责骂的声音。

“你不是喜欢周杰伦吗？他就从小练琴，你现在不好好练，以

后怎么可能达到人家的水平！”这是董先生。

“我不喜欢周杰伦了，我要喜欢王力宏！呜哇哇哇哇。”这是那倒霉孩子。

“王力宏也会弹钢琴！”

……

不管董先生的孩子琴艺如何，作为一个房东，董先生还是很负责的。老爸回家之前，特意跟他叮嘱了一下，说我自理能力几乎为零，恳请他平时多多照顾，董先生于是真的很照顾我。除了隔三岔五地上来检查一下水电煤气，有时候几天不见还会打个电话，生怕我无声无息死在家里。有时候我家的灯泡坏了，他还会过来帮忙换灯泡，热水器罢工，他就让我去他家里洗澡。房东做到这个份儿上，也是尽力了。

（4）我自己

工作一年后，我决定自己买房。租过房的人都知道，每当房子到期，要换新住处了，这段日子是最痛苦的。白天要上学或者上班，到了晚上就要抓紧时间，在网上或者打电话查询各种房源，找合适的住处。找房，看房，选房，好不容易选中合适的，交了钱，接下来却要头疼搬家。虽然知道租房要少买东西，但平日里积攒的零零碎碎还是不少。哪些要带走，哪些要丢掉，整理着整理着，往往就陷入了回忆里，忘记了时间。等到全部装箱完毕，还得找个靠谱的搬家公司，选个休息的日子，一股脑儿地把东西都搬到新住处。而接下来你也别想闲着，还得再把东西一样一样地拿出来。

总之，搬一次家，简直要了半条命去。

虽说目前我的房东还没赶我走的打算，可住在别人的房子里，始终没有安全感。就像没有根的浮萍，来阵风，就被吹走了。而且遇到想买的东西，总要劝解自己，你现在是住在别人的地方，买了放在哪儿呢？将来搬走也不方便。

年纪越大，越想有个属于自己的家，不再担心被别人赶走。地方不用太大，干净明亮就好，家里的每一个地方都要由我来亲手布置，我要把每一个角落都塞得满满当当。

爸妈很支持我的想法，他们也觉得总租房不是个办法，于是老爸又来帮我把关了。鉴于租房时我种种挑剔的要求让老爸差点儿暴走，这次在他来之前，我自己把城市里合适的房源都看了一遍，选了几处比较合适的，让他来做决定。我选的几处房子主要有几个特点，首先还是要离单位近，交通要方便，这样不会耽误上下班。其次是多层，而且楼层不可以太高，我对于高层，总是有种种顾虑。万一电梯坏了，是不是得自己爬上去啊；如果着火了，楼层太高会不会跑不下来。这个城市风那么大，住得太高会不会被吹跑啊……

对于我的要求，老爸基本同意，而且还加了几条：小区环境要好，物业要靠谱，而且必须是精装房。对于最后一条我颇有微词，干吗不自己装修呢，还可以选择我喜欢的风格。老爸吹胡子瞪眼睛：帮你选个房已经要了老命了，再帮你装修，还让不让人活了。

我希望老爸长命百岁，于是妥协了。

跟租房相比，买房意外地顺利，老爸只用了两天时间，就看完了我提供的备选房源，第三天就做出了决定，于是很快，我有了一本属于自己的房产证。

接下来就是新家的布置。床和沙发要布艺的，要大要软，躺着才舒服。电视也要大，这样玩游戏看电影才够爽。书房里要放一张沙发床，朋友来的时候可以住。书架要打得到处都是，我这么爱读书，当然要随时都可以拿一本啦。窗帘不要花要格子，餐桌不要红木要大理石，衣橱要大，衣柜不能少，什么？冰箱和洗衣机买什么牌子的？这种东西，老爸你决定就好了嘛。

我不知道其他人有了新家时的心情，对我来说，仿佛每天都是晴天，连上班都充满了干劲儿。我觉得自己有了归属感，除了那个远方的有父母的家，在这个新的城市里，我终于生根发芽了！我可以一整天不出门，在家里擦擦洗洗做大扫除；我可以在家居超市里流连忘返，喜欢什么就买什么，再也不用担心搬家的麻烦了；我也可以做几道拿手菜，把餐桌摆得漂漂亮亮，邀请几个好朋友过来大吃一顿；我还可以在夜深人静的时候，拉开窗帘，热一杯牛奶，坐在飘窗上，看外面的灯火。

我终于找到了世界最好的房东，从来不催我交房租，不会赶我走，还可以帮我解决所有遇到的麻烦。

驻唱歌手

相比于城市，很多古镇的夜其实更热闹。你们城里的人真会玩，然而我们镇里的人玩起来连自己都怕。拿凤凰古镇为例，天还没黑呢，酒吧门口的灯就亮了，一群红男绿女、痴男怨女、孤男寡女早就蠢蠢欲动，恨不得门一开就冲进去，要么来场艳遇拯救寂寞的灵魂（或肉体），要么喝到烂醉发泄平日里那些莫名其妙的情绪。

据我观察，酒吧分两种，一种是静吧，一种是 High 吧。

静吧，顾名思义，比较安静，通常环境幽雅，墙上贴着文艺青年们的墨宝，什么“我一个人旅行，让风吹走你的记忆”，什么“× 年 × 月 × 日，头发未干，心里潮湿，在未知的夜里享受寂寞”，等等。店里放的音乐绝对是我这种没文化的人未曾听过的小众歌手，旋律弥漫，唱腔清淡。这里是小清新的最爱，找个舒服的位置，点一杯“Sunrise”或者“Mojito”，在温暖的灯光下要么跟着音乐发呆，感伤悲秋一下；要么玩弄手机，刷微博，发朋友圈，跟认识的不认识的人汇报行程。反正，没一个抬头的。

High吧当然是用来High的，如果说静吧是久居小巷的小家碧玉，那High吧就是大街上的豪放女孩儿，你不用特意去找，隔老远就能看见。稍微停下来听听，哪儿有“洞次打次”，时不时伴着“大家跟我一起来”“让我看到你们的酒杯”之类的，十有八九是High吧。走近一点儿，你会看到门口挂着几百支空啤酒瓶，这倒是给醉酒闹事斗殴的哥们儿们提供了随手可拿的凶器，砸了一个还有一个，不怕砸不死你。打开门，除了震耳欲聋的音乐，室内灯光也绝对炫酷，可以闪瞎狗眼。在这样的环境里，大家难免比较亢奋，骚老爷们儿老娘们儿们大多挂着淫荡的笑容，腰肢扭动，觥筹交错，今朝有酒今朝醉，旁边是谁跟谁睡。

我们评价一个酒吧好不好玩，除了环境好、音乐赞、酒要真、价钱不宰人之外，还有一个比较重要的因素，那就是有靠谱的驻唱歌手。High吧还好说，在酒精和音乐的催化下，人们都像发情的小猫，稍微勾搭一下就瘙痒了，只要驻唱歌手情商够高，调子没跑到天上去，也没脑残到选一些广场舞神曲，选首应景的歌，气氛很容易掌控。当然，随时提防飞来的酒瓶子和拳头就是了。

静吧对驻唱歌手的要求就比较高了。这里的环境相对安静，又很少有人喝醉，清醒的人们有足够的理智把注意力集中在驻唱歌手身上，而文艺青年们对音乐大多又有自己的见解，歌手选歌时就要多花心思了。挑冷门的民谣？天哪，你看不起谁呢？哪有小清新们没听过的冷门歌？挑流行歌曲，可以，但一定要演绎出自己的版本，照本宣科地唱多么俗气，哪里衬得上清新的气质呢。一个好的驻唱歌手，肯定不需要像某些选秀节目的选手那样，张嘴就是《青藏高原》《山路十八弯》，高音飙到月亮上。我们这些饱受创伤的文艺青年，需要的是一个会讲故事的声音，和一首能勾起回忆的歌儿。

酒吧我没少去，“夜店小王子”不敢当，叫我一声“舞王”还是敢答应的（从未见过如此厚颜无耻之人）。在悉尼留学的时候，娱乐项目少，年轻精力旺，心灵较空虚，我们这帮正在发育的小伙伴们憋得要心理变态了，唯一的发泄项目，就是在每周五晚上，打扮得风风骚骚，到城中心找家酒吧，喝到微茫，炫舞一夜。在其他城市旅行的时候，如果有朋友在，也会去酒吧玩一玩。我们不买醉，不求艳遇，通常是在静吧听听歌，聊聊天，喝几杯小酒到微醺，再到附近的High吧跳一跳，疯一疯，然后各回各家。而随着年龄的增长，去High吧的次数越来越少，回家的时间也越来越早。虽然很不想承认，但是年纪大了，精力有限，彻夜狂欢是年轻人的权利。

扯远了。

在凤凰古镇，我们的夜生活基本都消耗在一家名为“私奔”的静吧。“私奔”很小，室内只能放五六张桌子，门口露天摆了两张。布置也没什么特殊之处，甚至有些简陋。但在凤凰大大小小的酒吧当中，“私奔”很有名气的。原因就是，这里有个唱歌好听的驻唱歌手。驻唱歌手是个小伙子，二十多岁，皮肤黑黑的，头发有点儿翘，笑起来一副害羞的样子。就是这么一个人，吸引了不少小姑娘专程找过来，点一杯饮料，一坐就是一整晚，静静听他唱歌。

这位小哥的嗓音不算低沉，也不是那种有特色的烟嗓，却给人一种很温暖的感觉。他在台上弹着吉他，清清淡淡地唱着一些熟悉的歌，就好像上学的时候，同桌戴着耳机，趴在桌上侧脸对你唱歌。不需要任何技巧，就是觉得好听。

“私奔”可以点歌，一首歌二十块钱。可以听歌手唱，也可以自己上去唱。我和朋友正儿八经地听了一会儿歌，忽然就起了捣乱的心思。在点歌卡上写了《爱情买卖》递上去，果然看到温柔的小哥一脸为难，苦笑着说你们放过我吧，这个真没法唱。于是我们也不好再闹，换了其他的歌。那时刚刚结束一段感情，旅行也是为了遗忘，朋友便替我点了首《旅行的意义》。

听歌的人其实蛮自恋的，总以为每一首歌都是唱给自己的。驻唱歌手也蛮自私的，爱把自己的感情通过音乐肆意传给别人。但无可否认的是，那一个晚上，在喧闹的古镇里，听着一首熟悉却又陌生的歌，的确唤起了一些记忆，只不过在脑海中走马观花了一圈，我发现本以为会很强烈的情绪，其实已经被时间和旅程消耗得七七八八，直到旋律结束，也没回味到什么酸甜苦辣。于是我也只能跟着朋友一起鼓掌，为这首歌，也为那些已经被遗忘的记忆。

后来我听说，那位唱歌很好听的小哥，去参加了某卫视的选秀节目，拿到了不错的名次，还出了自己的专辑。偶尔在网上点开他的歌，声音依旧温暖。

有故事的人

我喜欢旅行的其中一个原因，是可以遇到很多从来没有遇到过的人。在自己生活的城市里，虽然也有很多陌生人，但大家就像被放在一个书架上的书，有相同的分类和相似的内容。彼此熟悉，却少了新鲜感。而在陌生的城市里，那些擦肩而过的陌生人就像一本本新书，你不知道他们是什么类别，只能翻开第一页，自己去阅读。

我不是个好的交流者，但愿意做个合格的阅读者，用最认真的态度去聆听每一个人的故事。

去年在大理，我们住宿在一家很有特色的客栈里。这家客栈位于古城旁边一个名叫下末的村子里，距离市中心有半个小时的车程。因为没有完全开发，周边除了几家客栈，没有任何娱乐设施和景区，交通也只能靠客栈的车来接送。

然而这里的风景，可以抵消一切不便利。

客栈建在洱海边上，三座连体小楼环绕湖水。中间院落不大，却十分别致。路面由鹅卵石铺就，靠近房屋的地方则盖着木板。角落里放了几只摇摆木马，可以让我们这些童心未泯的大叔大婶尽情装嫩。院子中央有座两层的水池，水池最高处与洱海水面几乎持平，不时有湖水流入，再溅落在第一层的池子里，超过一定水位，便会顺着管道，重新排入洱海。水池的底部和边缘也有大颗鹅卵石，十几条肥胖金鱼在里面游荡。站在水池中间的平台上，正面望去，仿佛站在洱海之上。

水池旁边是客栈的餐厅。餐厅整体地形下陷，比平地低了一米左右。墙面是大块的岩石，床框和桌椅则是粗犷的原木，屋顶还铺了一层草坪，看起来很像是电影《魔戒》中霍比特人的住处。晚上在屋里点燃壁炉，靠窗而坐，喝一杯小酒，顺着窗外看对岸灯火点点，天空星光璀璨，感觉十分浪漫。餐厅外面的露台上，摆着三四张桌椅。撑开遮阳伞，坐在藤椅上，闭上眼睛可以感受到从湖面吹来的微风。

我们的房间在二楼，正朝洱海。不拉窗帘的话，早晨会被朝阳唤醒。捧着一杯热茶，盘坐在床前，睡眼蒙眬地看红日缓缓从洱海中升起，楼下院子里早起的客人们欢呼四起，让人感觉接下来的一天都生机勃勃。

这里的夜晚也同样精彩。房间里的屋顶全部由玻璃制成，白天时怕晒，通常拉着布帘。晚上拉开，就会露出大片星空。没有城市灯光，星星才是夜空的主角。我们吃着从附近村民那里买来的各种水果，喝着客栈提供的红茶，墙上的电壁炉把地毯烤得很

暖和，在闲聊中睡去，一夜无梦。

我爱死了这里的宁静，还有它二十四小时的美景。整整一天都窝在院子一角的躺椅里，看着蓝天傻笑，对着洱海发呆，听着水面拍打石壁的声音。老板还贴心送来了绿茶，我们时而漫不经心地交谈几句，时而昏昏欲睡，感觉非常舒适。或许在有些人看来，这样闲散是浪费了旅行的时间。但对于我们来说，旅途中有一场短暂的休憩十分必要，既可以沉淀之前的所见所闻，也可以重新为精力和体力充电，去欣赏和记录接下来的风景。

除了美景，更吸引我的是这里的人。除了当地打扫卫生的阿姨，客栈一共有四名工作人员。客栈老板、厨师大哥、前台小哥和司机大哥。他们为什么会吸引我呢？因为他们很奇怪。

这四个奇怪的人中，最不奇怪的应该是司机大哥了。司机大哥是当地的白族人。虽说是白族人，皮肤却很黑，普通话非常标准，特别喜欢说笑话。从机场到客栈的一路上，我们的嘴就没合拢过。大哥长得比较沧桑，我们一度以为他已经四十多岁了，结果后来才知道，他竟然跟我同岁。

司机大哥最大的梦想，是去北京听一场郭德纲的相声。他说，郭德纲的视频自己看了十几遍，都能背下来了，要是能到现场看看，没准儿遇到本人还能拜个师。我们说既然这么喜欢，为什么不去北京看一次呢？大哥说，虽然相声很美，但是美不过我家啊。你看这里洱海苍山，风花雪月，多么漂亮，我连一天都舍不得走。

也对，如果我被这样的风景环绕，也舍不得离开。

客栈前台的服务员是个娃娃脸小哥。这位小哥白白嫩嫩，虎头虎脑，长得很像《丁丁历险记》里的丁丁。小哥戴木框眼镜，笑起来傻乎乎的，说话斯斯文文，没想到一开口就是黄段子，听得我们脸都红了，仿佛看见一只白兔子跷着二郎腿在抽烟。反差更大的是，小哥以前竟然在上海的夜店做打碟 DJ。听到这事儿，我惊得把嘴里的花茶都喷了出来。在我的印象里，DJ 不都是那种戴墨镜的大叔，或者有文身的凶猛男吗？哪有长这么乖的 DJ 啊？

“我以前玩得很凶的，你看我还在耳骨上穿了好几个耳洞呢。”小哥摸摸耳朵，又指了指厨房，“我们客栈的厨师，以前还是酒吧的驻唱歌手呢。”

噗，我又喷茶了。

别怪我失礼，我是真的太吃惊了。前台小哥嘴里的厨师，是位身材健硕，爱穿紧身黑背心、黑皮裤的猛男。猛男蓄山羊胡，扎小马尾，手臂上肌肉纠结，还有文身，看起来不像厨师，倒像砍人的。每次去厨房点菜，我都不敢挑剔，他推荐什么，我吃什么，生怕人家把我扔麻袋里沉了洱海。好在猛男虽然长得凶，厨艺却很赞，那些普普通通的山野菜啊、山鸡蛋啊、熏肉啊，到了他手里，都变得特别新鲜好吃。

酒足饭饱，我不禁感叹，不想当厨师的猛男不是好歌手啊……

晚上在露台发呆的时候，厨师大哥正好出来抽烟。我忍了又忍，还是没忍住好奇，冒着被砍的危险，问他：“你为什么从歌手变厨师了啊？”

厨师大哥猛吸一口烟，缓缓吐出，对着星空沉默了一会儿，脸上浮现出伤感，开口时，是低沉的烟嗓。

“我乐意。”他说完，掐掉烟屁股，回厨房继续炒菜去了。留下我，对着海面痛哭失声。

“我们几个啊，年轻时都是不安分的。”客栈老板笑着说。

跟前面几个长相落差巨大的家伙比起来，他就比较符合人物设定了。老板是位中年大叔，个子不高，留着络腮胡，长发披肩，一口华丽的“川普”。年轻时在法国留学，学了八年设计，回国后在成都上了几年班，厌倦了朝九晚五、车水马龙，不顾家人反对硬是辞了职，带着老婆来到云南开客栈了。这座客栈的里里外外，每一个角落，就连桌上的花瓶，都是他自己设计的。

“年轻的时候，总想着改变，这变着变着，就变老了，没劲儿了，就在这儿定下了。”

“现在的生活多好呀，自由自在，每天对着洱海发呆。”我说。

老板笑笑：“以前我也像你这样想，等到自己创业，才知道不容易。上班的时候，我只要听领导的话，按照客户的要求做设计就行了。虽然加班是常事儿，但不用操心。现在客栈的大事儿小事儿都要我管。屋顶破了我要找人修，马桶堵了我得去通，生意不好我愁宣传，生意好了我又愁人手不够。”

“但您至少不用再看领导和客户的脸色了。”我说。

“是啊，可我现在要看客人的脸色。”他说。

我问他：“那你现在有没有后悔放弃以前的生活呢？”

“我有那么多事情要忙，哪有空去后悔呀。”老板说。

不管是爱说相声的白族司机、娃娃脸 DJ 前台小哥，还是厨师歌手，还有设计师老板，这家客栈里的每个人都很不简单。就像老板说的那样，他们都是不安分的人，放弃了自己习惯的生活，到陌生的环境，从事陌生的职业，完全从零做起。这期间当然也有辛苦。但每天早晨在院子里喝茶喂鱼逗狗，晚上在露台上喝酒抽烟聊天的时候，我从他们身上看到的是对现在生活的满足。

“你们都是有故事的人啊。”我对老板说。

“你也是个有故事的人啊。”他说，“不只是你，每一个客人刚来的时候，我们都会特别好奇，他是干什么的，他为什么会来这里，他和身边的同伴是什么关系。有些人，通过聊天可以得到这些问题的答案，成为朋友。而另外一些人，或许在住店的几天里，连话都说不上几句，就这样离开，再也没见过。这些来来去去的人就像一块块石头，投到了我们早就看腻的洱海里，让它重新有了活气儿。而见识不同的石头，猜测它的里面有什么，这种新鲜感和神秘感，正是开客栈的乐趣啊。”

其实每一个人，都有自己的故事。

旅行的意义是什么

做《音乐旅行箱》这个节目时，有听众问我旅行的意义是什么。

旅行的意义是什么呢？陈绮贞唱，你离开我，就是旅行的意义。

我对这首歌的理解是，一个男的想要甩了一个女的，但又不方便直说，于是他出去旅行了，走了很多地方（当然去哪些地方他并没有告诉女的，是女的自己查朋友圈微博搜索到的），然后他们就失去了联系，然后他们就分手了。

所以对于这个男的来说，我甩掉你了，这就是旅行的意义。

身边的朋友们对于旅行的意义，也是各有看法。我问老苏旅行的意义。老苏说，旅行的意义就是买买买。我说，你在自己的城市不也是买买买吗？老苏说，那怎么能一样呢？你不觉得在陌生城市的商场里刷爆信用卡，是件特别过瘾的事儿吗？

哪里的商场不都一样吗……

时间冲走了离开的勇气，

最后我们都变成安稳的懦夫。

我的朋友小杰，是个狂热的摄影爱好者，最开始用相机追星，拍好看的照片传到粉丝论坛。然后迷恋风景，去西北，去江南，去高原，去盆地，拍各种风景照。对她来说，拍一张好看的照片，记录美丽的事物，是旅行的意义。

我的另一个朋友菲菲，每次失恋，都会展开一段旅程，去全新的地方透气，吃喝玩乐，勾搭新的帅哥，在酒吧喝到烂醉。对她来说，忘掉上一段感情，是旅行的意义。

我又问我妈。我妈说，旅行的意义？你跟我谈什么旅行的意义，你要去哪儿玩？上次去泰国中暑的事儿，你忘了？那新西兰地震的时候你差点儿赶上，你忘了？这次还想出去野？不许去，在家待着！

……

似乎每个人都有自己的旅行的意义，我的旅行的意义是什么呢？我想旅行一般有两个原因，一是想朋友了，二是讨厌现在的生活了。

我的朋友们就像一朵朵蒲公英，飘在世界各地，一年也见不到一面。虽然这帮家伙嘴贱又讨打，在一起好不了几分钟就会掐得死去活来，可要是真的很久不见，又十分想念。因此旅行成了大家聚聚的好机会，在一起吵吵闹闹，聊聊彼此的生活，骂骂那些讨厌鬼，这算是旅行的一种意义吧？

至于讨厌现在的生活，我想每个人或多或少都有这样一个阶段吧，突然对现有的一切感到厌烦，不想上班，不想应酬，不想接任何人的电话、回任何人的短信。每当到了这个时候，就想短暂离开，到另一座城市呼吸不一样的空气，看看陌生的风景，哪怕是坐在街边的长椅上看来来往往的人，也好过一成不变的生活。

在旅途中，我总会变成另外一个自己，更活泼，更俏皮，更大胆，可能也更讨人喜欢。这种变化是自然而然的，仿佛在踏入新地方的一瞬间，就有另外一个灵魂住进了我的身体。在熟悉的城市里，过朝九晚五的生活，每天面对着同一群人，走同一条路。我试着用乐观的眼睛去看待生活，却总是失望地发现，不管从哪个角度看，它始终一成不变。尽管衣橱里有很多没拆封的衣服，身上穿的永远是基本款的格子衫牛仔裤。一杯热牛奶、一部老电影、总是不能通关的电动，就是每天的夜生活。喜欢吃的永远是那几家餐馆，看电影的地方总会遇到熟悉的同事，这个城市看起来很大，却总是让人无处可去。

而在陌生的城市，每一处风景都那么惹人喜欢，连街角的路灯都可以拍出美丽的照片。在这个没有人认识我的地方，可以自由交谈，自由打扮，任性地生活，短暂扮演一个活泼的人儿。当霓虹灯升起，抓好头发，约几个朋友，在最热闹的夜店喝到微茫，挤到人群里跟着舞曲扭动，享受陌生人的暧昧，最后在酒精的作用下失去知觉，迎接黎明的到来。

宿醉的结果是头疼，在陌生的城市里疯狂，却没有什么后遗症。最多在旅行结束，回到自己的城市后，有一种微妙的不真实感。可一觉醒来，看到熟悉的天花板，就又变回了平时的自己。

我想，离开熟悉的生活，扮演陌生的自己，这就是旅行的意义吧。

只要微笑就好

从微博上得知，在北戴河医院砍杀案中，一个喜欢我的姑娘遇害了。

姑娘是个小护士，马上就要结婚了，朋友发了张她试穿婚纱的照片，很漂亮，一脸幸福的样子。

这么一个幸福的姑娘，说没有就没有了。

她的微博上大多是转发动漫或者搞笑的小段子，偶尔还有些女孩子的小情绪，让人看了能会心一笑。11 月 19 日晚上 11 点，她的最后一条微博，转发了这样一句话："奇迹有时候是会发生的，但是你得为之拼命努力。"

是的，奇迹是会发生的，可有的时候，有的人，再也没有拼命努力的机会了。

辗转得知，这位姑娘是认识我的，也听过我的节目，还曾因为错过了网络歌会难过。而我却在她离开后才认识她，这让我觉得很难过。

每次在网上给大家唱歌，很多姑娘喜欢在聊天室的公共屏幕上发“啊啊啊啊啊”“哦哦哦哦”这种表达兴奋的字，因为刷屏速度实在太快，人也多，很多姑娘的名字我都比较陌生，几个眼熟的，也是因为常常看到才有些印象，但是并不熟悉。这位姑娘的离开，让我突然感到害怕，会不会有一天，这些正在刷屏的姑娘里偷偷少了一两个，而我甚至没有发现。

我一直觉得，我和这些喜欢我的姑娘是陌生的老朋友，也许

一辈子都不会见面，但总是有一种羁绊，给彼此前行的力量，我曾经以为这样就足够了。可是现在，我突然很想为她们再多做点儿什么，趁着我们仍然在一起。

朋友说，祭奠一个人最好的方式，就是默默记住她。

我想，这也是我能做的为数不多的事了，就像那位姑娘的微博名字一样，只要微笑就好。微笑着站在原地，记住每一个离开的人，珍惜那些还在身边的人。

老朋友们，我希望你们都好好的。

泡芙与奥利奥 /
那些猫猫狗狗 /
陪老妈逛街才是正经事 /
凶悍的人类心里住着一只小白兔 /
微笑的勇气 /
爱不能透支 /
她唱出几首回忆

Chapter 二

◇

总会有个你，温暖我世界

泡芙与奥利奥

朋友们总说我跟个退休老干部似的。

仔细想想，大家说得真没错。平时上班，早晨出门前先给宠物喂饭添水。晚上回家，铲屎收拾笼子。周末休息在家也闲不住，扫地，拖地，擦这儿擦那儿，给小鱼小龟换水，再用这些水浇花、松土、修枝，然后洗衣服晒被子晒枕头。

你就差看着电视打毛衣了，哥们儿说。

我快三十了，一个人守着一间小房子。家里养了三只小龟、一条小鱼、几盆小花，还有两只貂。是的，你没看错，我养了两只貂。每次跟人家说我养貂了，对方都会先愣一愣，然后挥舞双臂，做飞翔状，说，这玩意儿能在城里养吗？平时要让它们出去飞飞吗？

得，都把貂当成雕了。

这个时候，我会做出弯弓射大雕的姿势，说，不是这种雕，然后双手缩在胸前，露出两颗大门牙，说，是这种貂啦。

我不是《神雕侠侣》里的杨过，我是《天龙八部》里的钟灵儿。

我养的是宠物貂，跟那种做皮大衣的水貂是两个种类。宠物貂主要有两种，一种叫玛雪儿，一种叫安哥鲁。玛雪儿老家在美国，安哥鲁来自丹麦。要说二者之间有什么区别，那就是玛雪儿很乖，安哥鲁则是小痞子。我家的两只小家伙都是安哥鲁。一只是火焰，全身奶油色，胸口的地方毛色稍深，像穿了件小马甲，我叫它泡芙。另外一只是标准，全身黑白毛交织，眼睛和爪子的地方有一层黑毛，像戴着面具，穿着靴子，跟小浣熊似的，我叫它奥利奥。

两只小家伙都是公的，只不过出生没几个月就被阉了。

泡芙是亲生的，奥利奥则是充话费送的。

当初把泡芙接回家纯属偶然。有空的时候，我很喜欢逛花鸟鱼虫宠物市场，招猫逗狗解解馋。那天我正在一家宠物店逗一只金毛，老板拎着一个大笼子出来了，里面有很多既像耗子又像黄鼠狼的家伙。有的上蹿下跳，有的懒洋洋，看起来十分可爱。大家“哎呀呀妈呀”地围了上去，我也跟着凑热闹。老板说，这是安哥鲁貂，只剩最后几只了，因为销量不好，卖完这批就再也不进货了，谁要买可以打折再送东西。

当时我正犹豫要不要养只狗，一个人很寂寞，可有了狗，每天要遛，上班的时候要把它自己留在家，想想就可怜。猫倒是独立，可我更喜欢黏人的家伙。我问老板，貂要遛吗？会叫吗？老板说不用遛，也不爱叫。一天睡十八个小时，回家的时候放它出来玩玩，你不在家它就在笼子里睡觉。

于是我把最好看的泡芙抱回了家。

一般来说，宠物貂刚买回家要关几天，因为换了环境脾气会比较暴躁。可泡芙不一样，好像一进门就把这里当成了自己家，抱出来也不挣扎，左闻闻右嗅嗅，一会儿钻进沙发底下，一会儿钻进我的靴子里，偶尔过来蹭蹭我的腿，高兴得咕咕叫。颜值高，又讨巧，萌萌哒，简直是貂版的我嘛！

平时我上班，泡芙就在笼子里睡觉，我下班它准时醒来，打开笼子就像只小兔子一样蹦蹦跳跳。这样过了两个月，泡芙渐渐变得无精打采，自己玩一会儿后，便默默回到笼子里，躺在吊床上，头朝下垂着，一脸不开心的样子。

宠物店的老板说，它是寂寞了。于是我摸摸钱包，决定给它找个小伙伴。

这就是奥利奥来我家的原因。说白了，泡芙是少爷，奥利奥是陪它玩的小书童。为什么我选奥利奥呢？有两个原因。一是因为奥利奥跟泡芙从小一个窝里长大，虽然不是亲兄弟，但彼此关系亲密。另外一个原因，就是宠物店里只剩一只奥利奥了。

跟乖巧可人的泡芙比起来，奥利奥就是个淘气包。乱拉屉屉不说，还特爱咬人，关了一个月后，第一天放出来就把我给咬了。每次我去喂食，这家伙就冲过来，跳起来扑我，咬着手指头不松口。有一次我被它咬疼了，“啊”地叫了一声。泡芙听见，瞬间冲过来，对着奥利奥耳朵就是一口，把它咬得咕咕直叫。

这才是亲儿子啊！

不过奥利奥虽然淘气，却十分可爱。圆滚滚虎头虎脑的，给它个手指头，它能啃一天。吃东西也香，连带着泡芙也能吃了。自打奥利奥来了，泡芙明显活泼了许多，两只貂没事儿就追逐打闹（虽然大部分时间是泡芙狂咬奥利奥），累了挤在一起睡觉，互相舔毛，我再也没见过泡芙垂着头的样子。

而它们的出现也改变了我的生活。每天回到家，进屋后喊一声“泡芙，奥利奥”，就能听到笼子里上蹿下跳的声音。打开笼门，俩小家伙一前一后扑过来，舔手指，扒裤子，顺着衣服爬到肩膀。看它们撒娇卖萌要零食吃，看它们犯了错翘着尾巴钻到沙发底下，哪怕是咬牙切齿地扫满地的毛，都给了我很多乐趣。那些白天累积的压力和坏心情，在它们的陪伴中，早就被忘到脑后去了。

那些猫猫狗狗

有段时间，早晨我总是打不到车，只能急速奔跑去上班，让眼泪洒落在地上……每次路过附近的停车场时，总会遇到一位五十多岁的大叔。大叔穿着黑、白、绿、格子、条纹等各种款式的背心，配黑色短裤和布鞋，满头白发，表情淡定。吸引我注意的，不是大叔每天变化的上半身和每天不变的下半身，而是他奇异的散步方式。我见过边走路边拍手的，边走边抬腿的，还有边走路边 360 度回旋唱“你是我的小呀小苹果”的，就是没见过背着双手倒着散步的。大叔走得很慢，也不回头看前面的路。一开始我以为这是种特殊的锻炼方式，能够提高第六感之类的，后来才发现，大叔倒着走，是为了等他的狗。

这条狗不是什么名贵品种，满身黄白黑杂毛，看起来年纪很大了。它走得十分吃力，四条小短腿艰难地倒腾着，每走一步，都能听到很大的呼吸声。它走路的速度非常缓慢，大叔倒着走，都比它快很多。狗狗每走出一段距离，就要停下来喘喘气，这个时候，大叔也会停下来，耐心地等它。过马路的时候，大叔就慢慢蹲下，等狗狗走过来舔舔他的手，把它夹在胳膊底下，带到马路的另一边。

不知道这只狗陪了大叔多长时间，我相信他们一定有非常深厚的感情。

我的邻居也养狗，是那种印在油漆广告里的比格鲁犬。小短腿，耷拉着耳朵，臊眉耷眼地往上看人，既可怜又可爱。邻居女主人是只河东狮，对老公和狗一个态度，说话基本用吼的。有时我人在卧室，隔着两道墙，都会被吼醒，不禁十分佩服她的肺活量。我偷偷管她叫狮妞儿。狮妞儿除了骂自己男人是“傻大个儿”“缺心眼”“你彪啊”之外，在楼道里吼得最多的话，就是跟狗狗说“不准乱吃东西”“你等会儿我再走”“不准咬”。每当楼道里出现类似的话，我就知道他们要出去遛狗了。

因为狮妞儿对老公太凶，动不动又打又骂，闹到整个单元都趴猫眼嗑瓜子看热闹，我一直担心她会虐狗，不过后来有件事改变了我的看法。那天中午我在家睡觉，突然被楼道里一阵惊天地泣鬼神的哭声吵醒，不出意料，又是狮妞儿。我打了个哈欠，顺手抄起一袋棉花糖，偷偷挪到门前，从猫眼往外看。只见狮妞儿蹲在楼道里，一边哭一边打电话。

“你管不管你儿子呀！”“它太过分了！”“它竟然吃屎！”狮妞儿哭着说。

电话那头那位憨厚的老公好像安慰了几句，然而并没什么用，狮妞儿哭得更厉害了：“它吃完了还来舔我！舔了我一脸，我才发现它吃屎了！恶心死啦！呜呜呜呜呜！！”

外面狮妞儿哭倒在地，我在门里边也笑得趴在地上了。不过觉得好笑之余，有点儿为那只狗狗担心。狮妞儿那么凶猛，会不会打它一顿？可让人惊讶的是，挂了电话后，虽然指着狗狗鼻子怒骂一顿，狮妞儿却连一个指头都没碰它，最后只是粗声粗气地问：“知道错了吗？以后还敢不敢吃屎了？”然后抓着狗爪子，捏着嗓子细声细气地说：“再也不敢啦！”

旅途中，总会遇到很多可爱的小动物，每一次遇到别人家的猫狗，我都愿意去逗弄一下。这就跟逗小孩儿一样，别人家的孩子，偶尔玩玩觉得很可爱，可要是自己养，再可爱的小天使也会变成小恶魔。旅途中遇到的猫狗，因为不用负责，所以可以尽情倾注爱心，逗它高兴，我也开心，然后拍拍屁股，各回各家。我在兴坪的古镇里遇到过土狗旺财，在新西兰的青年公寓里认识了哈士奇珍妮，在凤凰的一家客栈里又爱上了萨摩耶威威。威威笑起来很甜，毛发被光头老板打理得蓬松又白净，带着它在凤凰古城里散步，人仗狗势特别威风，总会吸引许多游人的目光。虽然拉屎又臭又大坨，但威威真的很可爱，住在客栈里的人没有不喜欢它的。我的朋友豆子，为了看威威，还专门去了几次凤凰，可见威威魅力有多大。

然而前段时间我们偶然得知，威威因为生病死了。豆子难过得少吃了好几顿饭，我心里也很不好受。或许这是每个拥有宠物

因为不用负责，所以肆意逗弄，

彼此都是过客，何必谈起感情。

的人最害怕却不得不去面对的一件事。不管怎么悉心照料，它们总有一天会先你一步离去。

去年这个时候，我抱回了一只三个月大的拉布拉多。小家伙是个女孩儿，皮毛是咖啡色，闪闪发亮，耳朵乖巧地耷拉着，两只湖水蓝的眼睛就像会说话一样。我很爱它，给它取名叫 Pocky。晚上我看电视，或在电脑前写东西的时候，Pocky 总是静静趴在我的脚上，或者含着一根骨头玩具，默默地玩，一点儿声音都不出。

Pocky 只在我家住了三天就被送走了，楼下的阿姨告诉我，每天我出门之后，Pocky 就会从早叫到晚。怕它寂寞，我买了个宽大的围挡，放满了玩具，还把自己的衣服放在里面，让它闻到熟悉的气味。即便如此，还是给不了它安全感。晚上回家，打开家门，看到 Pocky 趴在窝里，小小的身影蜷缩在衣服里，发出呜呜的哽咽。我仿佛看到了小时候的自己。那个所有小朋友都回家了，一个人在幼儿园等家人来接的自己；那个在傍晚睡醒，发现家里空荡荡黑乎乎没有其他人的自己。

把 Pocky 送走后，我告诉自己，不管再怎么喜欢，在没有足够的时间陪伴之前，都不要再养狗了。

常在电视上看到虐狗虐猫的新闻，身边也发生过类似的事件。对于那些虐狗虐猫甚至下毒的人，我一直不太理解。是的，有些猫狗随地大小便，发情时叫声扰民，忽然冲出来吓人一跳，是挺招人烦的。但是招人烦不是你肆无忌惮去伤害它们的理由，我觉得你也挺招人烦，是不是我也可以去打你一顿？不喜欢可以远离，每一个生命都有活着的权利。我妈很不喜欢有毛的小动物，对于我养的两只貂，她向来敬而远之，路上遇到猫狗更是绕着走。可即便这么不喜欢，对于我的宠物，我妈从来没提过让我丢掉，更不要说虐待它们。用她的话说，不喜欢就去伤害，那是变态才干的事儿。

喜欢只是一时兴起，

爱却要深思熟虑。

陪老妈逛街才是正经事

我有很多称号，俏皮小甜心、风流小蜜糖、霹雳小娇娃等等，但最为人所知的，还是逛街小能手。我把一个大姑娘活生生逛哭了这件事，在朋友圈里广为流传。

事情是这样的，有个星期天，我正在床上醉生梦死，好朋友咪咪忽然打电话过来，二话不说号啕痛哭，那叫一个撕心裂肺。我吓了一跳，以为她养的狗嘟嘟死了，赶紧说："别伤心，别伤心，嘟嘟那么可爱一定上天堂。"

咪咪吸了吸鼻涕，说："你别乌鸦嘴，嘟嘟活得好好的，刚才还在我鞋里拉屎来着。"

"那你为什么哭啊？"我问。

"老娘被甩了。"咪咪说。

咪咪的男朋友身高一米九，是校排球队的队员，虽然我常嘲笑他是个没大脑的傻大个儿，但这傻大个儿长得还是有几分姿色的，有点儿像港台明星方力申。山寨版"方力申"长得帅，心地却好坏好坏的，跟咪咪交往的同时，竟然还跟别的女的黏黏糊糊，而且蠢到不知道避嫌，在食堂互相喂包子时，被咪咪捉奸在床，哦，不，捉奸在桌。最可气的是，没等咪咪发火，“方力申”竟然抢先说了分手，理由是在一起久了，没了感觉。

天哪，你们在一起还不到一个学期好吗？你的时间更新是有多快？你是草履虫吗？

咪咪把粥和包子一股脑儿扣在“方力申”脑袋上，头也不回地走了，把眼泪和鼻涕都藏在了转身后。作为好朋友，我自然有义务看笑话，哦，不，是陪她度过失恋的时光啦。于是挂了电话之后，我洗了个澡，拉了半个小时屁屁，选了一会儿衣服，穿上之后觉得不够帅，又重新选了一套，在镜子前陶醉许久，这才香香帅帅清清爽爽地出门。

我和咪咪在学校门外的早餐铺，一边怒骂渣男，一边大喝三碗馄饨，吃了两个糖馅饼，最后两个人肚子圆圆，一句话都不想说。沉默着看门外人来人往，咪咪说，当初追我的时候，装得跟孙子似的，每天早晚到宿舍楼下报到，我说一他不说二，我往东他不往西，这才几天就变了样，你说你们男人怎么变脸这么快呢？爱情保质期也太短了吧？我说，你失恋就失恋，干吗炮轰我们男同胞啊，被狗咬了一口，就以为全世界的狗都凶啦？咪咪说，不行，老娘得去花点儿钱，不然得憋死。我说，你现在这个情绪肯定不理性，不理性就会乱消费，乱消费的后果会让人很心痛耶。咪咪说，老娘的心现在都碎成渣渣了，还能有多痛！

于是我们就去逛街了。

上午九点出发，先逛了两个商场，随后在茶餐厅吃午饭，休息之后又去步行街。最开始咪咪是一家一家看，一件一件试。随后变成我们挑顺眼的店看，选最喜欢的衣服试，最后成了她在店里坐着看我一件一件看、一件一件试。我们一直逛到晚上六点，晚饭之前，我还想再逛一会儿，然而没走几步，咪咪忽然在步行街正中央蹲了下来，把脑袋深深埋进胳膊，崩溃大哭。

我吓坏了，赶紧跑过去说，咪咪，你怎么了呀，不要哭不要哭，男人没了可以再找啊，谁年轻时没爱过几个人渣啊！

可咪咪不理我，独自哭得伤心，晶莹的泪水顺着光滑的脸蛋流进了姣好的锁骨之中。哭着哭着，她犹如马教主附体，怒吼着说老娘不要再逛了，老娘的腿要断了，老娘心好痛啊！老娘的腿更痛啊！

咪咪蹲在街上哭了半个多小时，我问她要不要去吃自助，她哭着说要，然后我们去吃了晚饭，撑得差点儿吐出来。那天过后她再没提过“方力申”，也再没有找我逛过街……而“我把咪咪逛哭了”这件事儿，很快就在朋友圈传开了，一开始还基本符合事实，随后成了“我跟咪咪逛街导致她跟男朋友分手于是她哭了”，然后又传成“我跟咪咪逛街然后分手了所以她哭了”，最后成了“我跟咪咪男朋友一起逛街所以她哭了”……反正不管在什么版本里，我都被塑造成了一个逛街小能手。人家吵架都说不服咱俩练练，我就得说不服咱俩去逛逛，瞬间能吓跑对手。

虽然我在朋友圈内逛遍众人无敌手，不过这世界上善恶终有报，苍天饶过谁？逛街小能手也有吃瘪的时候。这个让我吃瘪的人，正是我妈。如果说我是逛街小王子，那么我妈堪称逛街大魔王。

像所有中年女子一样，我妈特别爱逛街。而且作为一个爱子狂魔，我妈特别爱拉着我陪她逛街。让我陪朋友逛街？YES！陪老妈逛街？HELL NO！我爱我妈，我愿意为了她付出一切，甚至我的生命，但绝不包括陪她逛街这件事儿，因为我觉得那比付出生命更痛苦。

首先，由于审美观点不同，我和老妈经常边逛边吵，起因通常十分幼稚，有时因为一件外套，有时是一双鞋，从颜色到款式，从材料到价钱。一般她看上的我看不上，我觉得美的她觉得丑爆了，谁也不让谁。我搞不明白那些像桌布一样的碎花裙子有什么好看的，她觉得我选的那些衣服就跟床单一样穿不出门。我嘲笑她是中年大妈，她讽刺我是非主流脑残。我怀疑这世界上就没有一件衣服或裤子或鞋，能让我们娘俩同时看上。

其次是逛街方式。我虽然喜欢逛，但一般想买什么心里提前都做好了计划。走进一家店，扫几眼，迅速确定目标，把喜欢的挑出来，试，好看买，不好看则撤，属于速度型选手。我妈则是耐力型选手，看到喜欢的先挑颜色，再选型号，几件不同颜色型号的都得试试，还得出来问问意见，观察一下别人穿上的效果，再考虑怎么搭配。好不容易遇到一件满意的，还得检查一下有没有线头或者做工粗糙的地方，但凡有一点儿瑕疵，肯定不买了。而终于找到一件各方面都完美的衣服，她还要先放放，货比三家：这条裙子好看，另外一家店会不会有类似的款啊？先去试试再说。等试过另外一家店，还是觉得之前那家店的好看一些，那就再回去买。

我每次都被我妈这种来回跑的逛街方式折腾得筋疲力尽，最后看到椅子就像狗见了骨头一样，眼冒绿光就冲过去坐着了，我妈还特鄙视地说这孩子体力真差以后得多锻炼。

还有一点让我特别不能理解的是，我妈很爱凑热闹。别看这女人表面是个文雅美妇，内心就是个实打实的欧巴桑。在商场里，只要看到有一群大妈围成了圈，不管卖的东西是什么，哪怕男士内裤大甩卖，只要有热闹，她绝对要挤过去凑凑，跟着挑挑选选，用不用得上都得买几件，然后再一脸嫌弃地回来，说果然甩卖的产品都是质量不好的。

天哪，那你干吗要去买呀！

以前跟老妈逛街，总会因为上面的原因吵吵闹闹，有时候动真气，耍小性子摆臭脸，说什么也要先回来，让她自己去逛。现在想想，让老妈伤心，真是特别后悔。工作后，一年大部分时间都在外地，母子俩几个月才见一面，一起逛街的次数更是少之又少。现在每次一起出门，虽然还是会被累到抓狂，被她选的衣服丑到落泪，对天狂吼，但不会再乱发脾气。

因为其实衣服好不好看、东西值不值得买根本不重要，陪老妈逛街让她开心，才是正经事嘛！

凶悍的人类心里住着一只小白兔

我常去的理发店里有个理发师叫大海。

跟所有叫大海的男子一样，理发师大海身高一米九，长得虎背熊腰，因为少白头，这哥们儿把头发一股脑儿染成白色，还梳着个大背头。本来就长了一张流氓脸，这下看起来更凶了。他还嫌自己不够酷，在两只胳膊上都文了画臂，又戴了个耳环，脖子上绕着大金链，手腕上串着大佛珠，总之黑社会小哥的所有配备你都能在他身上找到。大海从业快十年了，找他理发的小朋友还不到十个，我有幸目睹了一会儿，那可怜的小孩儿全程眼泪汪汪，乖乖坐着一动不敢动，生怕这黑社会叔叔把自己脖子拗断了。

我以前也不敢找他理发，因为我总怀疑理发师只是这家伙的兼职，一到晚上，他肯定就出去收保护费了。直到有一天，我的理发师小龙因为在外面欠了赌债，招呼都没打就消失了，而那天正好是我固定理发的日子，作为一个强迫症患者，在固定的日子不能干固定的事儿，那比死还难受。于是在纠结致死和被黑社会小哥打死之间，我壮着狗胆选了后者。以前我理发，在开始之前总是要先叮嘱一下：两边多剪点儿，上面少剪点儿，刘海我要留着，后面修好看点儿，要不我给你拿张照片你照着剪？

这次大海虎着一张脸问我要什么发型的时候，我十分没出息地说："您看着办就成……"

当然大海虽然长得可怕，手艺还是不错的，我既没有被理成杀马特，也没变成洗剪吹，小头发弄得倍儿精神。我觉得很满意，于是从那以后，我就冒着生命危险让大海当我的理发师了。

昨天我又去理发，离老远就看到大海一脸砍人的表情，蹲在门口抽烟，来往的路人都绕着他走。我过去打招呼："咋了？脸这么臭，跟人吵架了？"

他说："没有，昨晚自己喝了七瓶啤酒，现在晕乎乎的，抽根烟清醒清醒。"

我问他为什么自己喝酒。他说："因为我闺女。"

我瞬间凌乱："天哪，你竟然结婚了而且有个闺女！怎么可能有女的敢嫁你啊？不，我是说你怎么可能有闺女！"

他说："我闺女都三岁了，你再打岔我砍你啊。"

我倒是不担心他砍我，但我怕他给我剃光头。于是洗完头，一边理发，一边听他絮叨了半天，才知道原因。过几天，大海的老婆要带着女儿回乡下娘家，看姥姥姥爷，这一住就是两个月。大海舍不得闺女，又不能跟着回去，所以郁闷了。

我感到很不可思议，大海因为闺女离开两个月自己喝闷酒这件事儿，就像他会穿粉红裙子吹泡泡一样，让人感觉太不搭了。

“就为这事儿啊，你至于吗？”我说。

他说：“怎么不至于啊，我闺女从出生到现在，一直没离开我，我每天就盼着下班回家，抱抱亲亲她。这一下子就走两个多月，也不知道那边条件怎么样，我闺女住不住得惯，她妈妈能照顾好她吗？每天会按时吃饭吗……”

……看着一个一米九的老爷们儿在面前红着眼眶絮絮叨叨，我的心情十分复杂。有谁能想到，这个长得跟黑社会似的壮汉，竟然是个爱女狂魔呢？

说到铁汉柔情型的男子，我爸也算一个。我认识他二十多年了，除了寸头，他就没换过别的发型。老爸长得也很凶，脸上有疤，胡子拉碴的，右胳膊上还有文身。这个文身被我吐槽了好久，因为是那种超级俗气的龙和玫瑰花，我就搞不明白，那么多炫酷的图案可以选，怎么就文了个这么丑的。而且文身师傅明显手艺不精，那龙的脸都文变形了。

不过因为老爸长得吓人，小时候院里的孩子没一个敢欺负我。有时候跟老爸出来遛弯，孩子们都绕着走，生怕被打一顿。上初中的时候，有一阵子学校门口有社会小青年跟学生要钱，那天不长眼要到我身上来了。当时老爸正好来接我，车就停在学校对面。看我不给钱，那小子要动手打我，我爸怒吼一声就冲过来了，小混混回头一看，当场吓尿了，二话不说骑上摩托车就跑。我正要去拥抱老爸谢谢他救了我，结果这大叔把我丢在大门口，开着车撵人去了。听说把人家追了好几条街，不知道最后那小子有没有挨揍，反正我是再没见过他。

还有一次我忘带钱包，老爸来给我送。走到校门口被保安拦住了，我爸说是给孩子送东西，人家说什么也不肯相信，就是不让进，还报了警，说有社会流氓来闹事，把校长都惊动出来了。最后把我叫了出来核实，这才作罢。

可别看我爸这么凶，长这么大我从来没挨过打，他连碰都舍不得碰我一下，恨不得把世界上所有的好东西都给我。以前家里穷，衣食住行都紧巴巴，可不管我想要什么，我爸都想尽办法满足我。我想吃西瓜，晚上就有西瓜；我想要玩具，骑着摩托就去买。有段时间家里来了小偷，把电视偷走了。我每天下午就趴在邻居家窗户上看电视，有一次看动画片时跟邻居家小孩儿吵了起来，我说星矢最厉害，他非说紫龙是最强的，吵来吵去那熊孩子竟然把窗帘拉上不让我看了，气得我哭出了鼻涕，一路嘤嘤嘤嘤跑回了家。问清楚原因之后我爸气坏了，自己蹲院子里抽了半天的烟。第二天我从幼儿园回家，发现家里多了台新电视，熊猫牌的。后来我才知道，那是我爸跟人借钱买的。

我爸就这么宠我，他有起床气，被吵醒了跟谁都得吼两句，但我叫他起床，跳到他身上坐着都没事儿。我小时候喜欢用牙签抠他脸上的疤，抠出血了他都笑眯眯地让我玩。记得以前看隔壁家孩子经常被他爸揍得鬼哭狼嚎，我就问我爸：“你为啥不揍我呀？”他说：“你是我大儿子，我哪舍得揍啊，谁要欺负你，老爸踢死他。”

记忆里唯一一次差点儿挨揍，是我上幼儿园的时候。那时候大人们都上班，我和表妹就被放养在姥姥家。我们两个在门口玩了会儿泥巴，觉得很无聊，嘀咕了一会儿，决定去表妹家玩。表妹家在城市的另一边，对于两个幼儿园的孩子来说，简直像穿越了整个地球。我们俩还挺兴奋，觉得这是一次大冒险，于是也没跟姥姥说，牵着小手就出发了。结果走着走着就迷了路，这边姥姥发现我们不见了，赶紧给两家大人打了电话。那阵子我家那边有人拐卖小孩儿，大家都以为我俩被拐走了，正兵荒马乱呢，有个路过的叔叔发现了我们，骑着自行车把我们送了回来。

“你小子就是生来克我的！”老爸气呼呼地说，然后抱着我回家了。

我不知道长得丑的人是不是都有一颗美丽的心灵，但我敢说，长得凶悍的人心里大多住着一只小白兔。那是他们最珍贵的宝物，就像恶龙守护的宝藏。他们可以对所有人耍狠，但对那只小白兔却愿意收起所有凶狠，提供最温柔的保护。如果有可能，他们愿意把全世界所有的胡萝卜都捧到小白兔面前。

微笑的勇气

我这人特别㞞，跟熟人还好，是个开得起玩笑，热得起场子，你说“切克”我说“闹”的逗比。可要是遇到陌生人，我就成了一个闷葫芦，瞬间化身天山上高冷的仙子，脸都被冻瘫了，半天放不出一个屁来。哪怕为了应酬，勉强聊会儿天，拳头里也都是汗。用朋友的话说，在自己人面前，我是个大螃蟹，横行霸道的，一出门就变成鳖。

他说得如此有道理，我竟无言以对。有些看着很平常的交际，在我这儿比闯关游戏还难。饭店遇到同事，假装没看到，还是去打招呼？领导生病了，去探望呢，还是当不知道？跟不熟的人共处一室，要不要主动挑起话题，又该说些什么呢？

天哪，人际交往怎么会如此复杂、无情、无理取闹、让人头疼呢？有时候，我还真想变成一只鳖，好歹走到哪儿背上都有个保护壳，不想说话的时候，缩进去一了百了。

旅行中也是。走在大街上，偶尔迎面遇到个陌生人，人家很友好，主动对你微笑。而这个时候，我想到的不是这人牙有多白、笑容有多好看，而是：要不要回人家一个微笑呢？不回吧，人家会觉得你很没有礼貌。可是如果回了微笑，万一你笑得牙花子都露出来了，人家目不斜视地走过去，跟你身后的一个人拥抱，那不是很丢脸？

就因为这点儿小纠结，每当我看到有人过来，总会不自觉地在心底激烈斗争一番，最后以胆怯战胜勇敢居多，要么赶紧绕道，要么立刻蹲下系鞋带或掏出手机，对着黑乎乎的屏幕胡说八道，低头走过去。哪怕偶尔有那么几次鼓起勇气，对人家微笑了，也因为紧张，面部神经抽搐，笑起来跟肚子疼似的，把人家吓了一跳。

唉，为什么我就没有微笑的勇气呢？

说到这里，我不得不佩服身边的朋友们，一个个的往好听了说是为人处世大气，镇得住场子，说不好听了就是厚脸皮。一起出去玩，遇到陌生人时，这帮自来熟的家伙总是能瞬间找到共同话题，跟对方谈天说地，几个小时后称兄道弟、义结金兰不成问题，就差互相交换银行账号密码了。我就亲眼见到过有一次在火车上，我的朋友苏小姐用十站地的距离，套出前排大叔是意大利餐厅的老板，最后还哄得人家招她去那里打工。这种开朗的个性实在太吃香了，问个路，搭个车，就连买杯饮料都能有折扣！而我呢？对着陌生人总是一张死鱼脸，人家主动来说话，也接不上话题，堪称十分钟冷场王子。

比如：“小兄弟从哪里来的啊？”“站台上。”“……”

又比如：“你住海边啊，那你们那里什么地方海鲜最好吃啊？”“海里。”“……”

我没被打死，真是众人慈悲为怀。

知道自己不善于跟陌生人交往，我下意识选择躲避。坐火车或者飞机，一定选靠窗的位置，早早上车，把行李放到头顶，插上耳机，戴上帽子，迅速把自己跟周围环境隔绝起来，有人搭话也装听不到。在公交车上，害怕给别人让座时要交流，干脆有位置也不坐，从上车站到下车。越是喜欢的人，越是不敢亲近，反而表现得更加疏离。大学时我暗恋了一个人四年，每天一起上课，有那么多机会，愣是连一句话都没说过。稍微离得近点儿汗毛都竖起来了，赶紧臭着脸走开。上班之后有个特别尊敬的前辈，特别想跟他取取经学点儿经验。结果大家一起聊天，前辈一过来，我就缩着脖子跑了，弄得前辈很郁闷。有一次，吃饭时他直接问我：“我是不是哪里惹到你了啊，怎么感觉你这么讨厌我呢？”

“不不不，亲爱的前辈，我并不是对你有意见，我只是个交际白痴而已，你那么优秀我愿意跟你当一被子的好朋友，我甚至愿意为你生猴子！”哪怕心里这样想着，我脸上依然一副冷淡的屌样，说：“你想多了。”

我知道这是没自信、情商低、小家子气的表现，可我有什么办法呢，当了二十多年别扭的小白兔，习惯自己蹦蹦跳跳瞎嘚瑟，你忽然让我跟野狼似的见谁扑谁，开玩笑呢。

我最讨厌的一种人，是接受了人家的帮助却毫无反应的人。比如我帮你开了一下门，虽然我并不期望得到你的感谢，但如果你就这样直接走了进去，没有对我说谢谢，那我就会很不爽，想瞬间关门，把你夹死在门里。我觉得坦率地表达自己的谢意或者是歉意，是对别人的尊重。

而不知不觉中，因为对陌生人的社交恐惧症，我恰恰变成了自己最讨厌的那种人。不敢说喜欢，害怕说讨厌，连说谢谢和对不起都像蚊子似的嗡嗡。

有一次从青岛飞成都，我身后坐着一对母子，妈妈很年轻，孩子刚刚上幼儿园，正是活泼的年龄，看到什么都要叽叽喳喳，一会儿“妈妈我们飞起来了飞机为什么会飞呀我们会不会掉下去呀”，一会儿“妈妈我要喝水我要吃巧克力我要看动画片我要成为海贼王的宠物哆啦A梦”。那天我很困，上了飞机之后一直昏昏入睡，结果正做梦在马尔代夫跟猩猩跳华尔兹呢，头上忽然砸下来一个椰子，我眼冒金星，瞬间就清醒了。低头一看，哪里是什么椰子，分明是个儿童杯，再抬头一看，小屁孩正笨手笨脚往回缩脑袋呢。其实疼倒是不疼，只是吓了一跳，睡意全消。我拿着杯子，故意问这是谁的，结果后面的那个妈妈说，哦，我孩子的。然后一把拿了回去，连句对不起都没说。

我心情很不爽，很想站起来跟她理论，指责她没有礼貌，给孩子做了坏榜样。可转念想想，吵了又有什么用呢？就像我一样，一个人用了几十年的时间去塑造性格，哪里会因为别人的一句话或者是一件事儿就轻易改变呢？我跟她吵起来，不过成了大家看热闹的对象罢了。为了分散注意力，我拿起一本书读了起来，结果在空姐添水的时候，这本书一下子滑进了座位的空隙。我几次伸手去够，都没能拿出来。正打算站起来换个角度，书被从后面递了过来。我抬眼一看，是那个母亲，她没有看我，我也不好意思看她，只是把书拿过来，一句“谢谢”硬是憋在嘴里。

我忽然明白，其实有时候内心不是没有情感，只是不知道怎么去表达，不敢去表达。小时候可以毫无顾忌说出的喜欢和讨厌，随着年龄的增长，逐渐被从嘴里压进了心里。我们太习惯谨言慎行，夹着尾巴做人了，生怕一个不小心，就成了别人眼里的笑话，毁了自己的形象。其实别人哪有那么多精力在意你的事情呢？哪怕今天你再丢脸，对人家来说也只是过眼云烟，不会往心里去的。所以，以后我应该试着做个坦率的人，坦率地回应别人的善意，亲近喜欢的人，对讨厌的事说不，说自己想说的话，做自己想做的事，让自己高兴，别人也舒坦。

对于这个母亲，我想，她差我一句对不起，而我，也欠她一句谢谢。不只是谢谢她帮我捡起了这本书，也谢谢她为我捡起了微笑的勇气。

爱不能透支

（1）我家隔壁的那对男女

我住的小区是一层两户，隔壁住了一对小夫妻。刚搬进来那一个月里，我并没有见过他们，大家上班下班的时间不一样，很少一起出门。有时早晨我在洗澡，可以听到对面防盗门关闭的声音。晚上看电视时，楼道里又会响起钥匙开门的声音。判断对面有人居住的依据，除了放在门口准备第二天丢掉的垃圾包装盒，最明显的就是墙那边隐隐传来的吵架声了。

我活了十八年，除了电视八点档和言情小说，还从未见过如此爱吵架的夫妻。五天一小吵，十天一大吵。我第一次跟他们见面，就是因为这两个人闹到了楼道里。半夜三更，女的蹲在地上歇斯底里地怒吼："你走啊！不要让我见到你！"喊了几句之后男的真的打算要走，女的又哭喊："你敢走！你敢走就不要回来！"

……所以到底是让他走还是不让他走呢？

来来回回这么几趟，最后女的喊累了，男的走累了，干脆各自靠墙，一声不吭。这场景要是换上张曼玉和梁朝伟，简直就是电影《花样年华》里的经典一幕，绝对有观赏价值。可我劳累了一天，打开单元门实际看到的却是穿着睡衣的男女，女的披头散发涕泪横流，男的脸上红痕累累，鞋还少了一只，实在尴尬。

更尴尬的是，他们堵在楼梯中间电梯门口，我爬楼梯也不是，坐电梯也不行，只好假装自在地说麻烦借过，赶紧掏出钥匙打开房门飞一般地跑进去。

最开始这两口子闹到门外，热心的邻居们还会劝劝，“夫妻床头吵床尾和没有隔夜仇”“过日子就是要摩擦摩擦再摩擦啊，时尚时尚最时尚”。住一楼的一个五十多岁的大叔，还特别动情地背诵不知从哪儿看来的鸡汤：“爱情就是两只刺猬拥抱，你们两个要拔掉彼此的刺，才不会伤到对方啊！”不过不管怎么劝，鸡汤灌了多少，这两口子还是该吵就吵。日子长了，大家也就见怪不怪了。以前他们吵架，我烦得要命，赶紧把家里音响开到最大声，狂放《小苹果》《最炫民族风》《坏姐姐》《么么哒》之类的广场舞 High 曲，力争把他们的声音压下去。现在听到对面河东狮吼响起，则赶紧随手拿一袋小零食，搬着小板凳坐门边听热闹。我猜邻居们也是差不多的心态，我就亲眼看到本来在院子里乘凉的大姨，听到这俩人吵架，赶紧进屋拿了个西瓜切开，一边吃一边听得津津有味。

这对夫妻的态度也有所改变。以前吵架，都是女的单方面出击，一条一条地算账，从早晨不刷牙就吃饭，到下班后晚十分钟回家，从给婆婆买的围巾比岳母的贵了十块钱，到竟然加了女同事微信，有理有据，头头是道，情绪激动，言辞犀利，闻者落泪，听者伤心。男的每每被说得像吸了大麻的兔子，无精打采，仿佛自己是天底下最大的恶棍，一点儿都不敢反驳。可是随着吵架次数越来越多，女方从一开始还能保持理性，到现在每一句话几乎都是破音的呐喊，仿佛燃烧了自己的生命在吵架。男方则从一开始的默不吭声，伏低做小，到现在左耳听右耳出，有时候还会对着吼几句，然后愤怒地摔门而去，剩下女的在家里尖叫怒骂，再伴随两条狗的汪汪汪汪和摔东西的声音，简直热闹极了。

然而让我郁闷的是，偷听了一年多，我到现在也没弄明白，这俩人到底为什么吵架啊？

（2）小姨和姨夫

我的小姨是个大美女，腰细腿长，瓜子脸大眼睛，头发乌黑光亮，皮肤是麦色的，让人感觉特别有活力。我上小学的时候，有段时间老妈爱工作胜过儿子，便以化妆品收买了小姨，让她接我放学。小姨那年才十八，穿着当时流行的小热裤、白T恤，一双大长腿露在外面，走在路上，十个男的有八个回头。按道理说，放学时间家长只能在校门口等，可每次小姨都能溜达到教室来找我，保安大叔们根本不拦她。小姨来学校，除了我，那些没结婚的男老师最高兴，一个个眼睛都绿了。我的数学老师是个二十多岁的未婚青年，长得还可以，就是阴沉沉的，还爱抠脚，经常上着课把鞋脱了，放在第一排小美的桌子上，熏得小美都快翻白眼了。自打小姨来接我，这家伙对我特别好，上课总爱提问我不说，抓到我偷偷玩宠物小精灵竟然都没让我罚站！而且也爱臭美了，把头发梳成了整齐的三七开，小皮鞋擦得锃亮，也不随便脱鞋抠脚了。每天下午他都来套我话："今天谁来接你啊？"我要是说小姨来，最后一节课他绝对会出现在我们教室外面。不过这家伙是个窝囊货，看到小姨只知道傻笑，连屁都不敢放一个。小姨对他的评价就一句话："你们数学老师咋看起来傻了吧唧的？"

最后我这位数学老师也没有得逞，小姨找了一个很帅的小姨夫。脾气好，工作好，门当户对，知根知底，两个人很快就结婚了。

小姨哪儿都好，就是脾气不好。因为是家里最小的孩子，跟哥哥姐姐们年龄差了一大截，从小身体又不好，一大家子人都宠着她，结果就宠出了小孩儿脾气。结婚之后，小姨总爱对小姨夫撒娇使性子。嫌他做饭不好吃，嫌他回家晚，嫌他晚上打呼噜太响，还要分房睡。小姨每次发脾气，小姨夫总是心平气和地哄，从来不还嘴。有一次家庭聚会上，小姨喝醉了，又因为一件小事儿对小姨夫发脾气，耍酒疯打了小姨夫一巴掌。当时大家都准备拉架，生怕小姨挨揍，结果小姨夫虽然脸色难看，但最后还是什么都没说，把小姨抱上车回家了。

作为大姐，我妈总为这事儿训小姨："你这狗脾气能不能改改，总这样谁能受得了？”小姨还不在乎：“结婚前他就知道我的脾气，他说就喜欢我这样，愿意一辈子哄着我，姐，你就别操心了。”

后来我到外地工作，很少见到小姨和小姨夫。前些日子跟老妈视频，她说小姨和小姨夫最近正闹离婚。我一开始还以为小姨又闹脾气了，结果令人惊讶的是，离婚是小姨夫提出来的。老妈说，小姨夫觉得结婚以来，小姨又不做家务，总是生病，还不懂得体贴，爱乱发脾气。自己工作了一天，回家连顿热饭都吃不着，而且因为小姨太厉害，自己在朋友面前都抬不起头来。趁着双方都年轻，孩子也不大，不如早点儿散了。

小姨夫铁了心要离，小姨好面子，也赌气说离。然而平静下来，小姨又想到小姨夫的种种好处。老妈说，现在两个人的关系对调了过来，小姨开始学着每天做饭、做家务，而小姨夫则应酬多多，脾气越来越大，有一次吵架还差点儿打了小姨。

“早跟你小姨说让她别总耍性子，你看现在要还债了吧？”老妈头疼地说。

（3）老妈和老爸

认识老爸的人都说，你小子走了什么运，能娶到这么一个媳妇。

在外人眼里，老爸跟老妈是非常不搭的一对儿。老爸是个大老粗，初中毕业就出来工作了，直肠子，脾气暴，长得还凶，年

爱是分享，

是包容，是磨合，是相处。

轻时没少跟人打架。老妈则是街坊邻居都夸懂事的乖乖女，从小到大奖状贴得满墙都是，长得又好看，性子又温柔，是不少男生心里的梦中情人（我妈自己说的）。

老妈说，初中的时候就认识老爸了，当时老爸比老妈低了一年级，每周一早晨，两个人会同时站在操场的升旗台上。只不过老妈是负责主持升旗仪式的，而老爸则是上去罚站的。那个时候，老妈对老爸并没什么好印象，老爸也没把老妈当回事，初中毕业，两个人有很长一段时间都没见过。

巧合的是，老爸参加工作后，几经辗转，后来成了外公的下属。有一天去外公家吃饭时，正好遇到了老妈，然后就看上人家了。外公很喜欢老爸，觉得小伙子很讲义气，又踏实能干，可老妈不喜欢老爸，觉得这人是个二愣子。所以每次老爸来，外公撮合，老妈想躲。老妈说，真正喜欢上老爸，是有一天，外公家里的猪圈倒了，一头老母猪跑了出来。几个舅舅围追堵截，也没制伏这头胖家伙。那天老爸又来外公家蹭饭追老妈，看到全家一起在抓猪，立刻加入战局。老爸年轻时劲儿大，又有心想在心上人面前好好表现，因此抓猪抓得格外卖力，只是苦了那头老母猪，只是想出来遛个弯，结果被这么一大堆人赶来赶去的，最后还被老爸拦腰抱住。这猪被关久了，难得出来一次死活不愿意回猪圈，老爸为了显摆自己劲儿大，深吸一口气，想把猪扛回猪圈，没想到往下蹲的时候姿势太浮夸，“刺啦”一声，裤裆开了。这下子整个院子里也没人看猪了，都笑得七扭八歪的，老爸耍帅不成反丢我爱你，在保质期内。

脸，又不好意思发火，只好把气撒在了老母猪身上，一把把它扛了起来，丢到了猪圈里。

猪的问题是解决了，可这裤裆的问题就难办了。当时老爸家离外公家很远，总不能就这样走回家啊。于是外公大手一挥，让老妈给老爸缝裤裆。而老妈那天可能是被老爸的样子逗高兴了，竟然没有拒绝。后来裤子缝好了，两个人的关系也就确定了。

结婚以后，老爸还是那副臭脾气，动不动就发火，在外人面前，不管老爸说什么，老妈都不还嘴，哪怕是老爸无理取闹了，老妈也不作声。等回到家关起门来，就到了算账的时候：跪搓衣板还是蹲阳台自己选，这在外面把你能耐的。

我有时候不理解，问老妈，老爸在外面那么逞威风，你多丢脸啊！老妈说，这有啥丢脸的，过日子不就是这样互相让着吗。你别看你爸爱发脾气，他心里清楚着呢。男人爱面子，我在外人面前让着他，给他面子，他自然对我愧疚，回到家关起门来慢慢收拾，他保准乖乖的。你说，他在外面欺负我，我在家里欺负他，我俩谁吃亏了？谁都不亏，都挺高兴。

这世界上有人愿意让着你，宠着你，打不还手，骂不还口，接受你所有的坏脾气，说明这个人真的爱你。可人家再怎么爱你，你也不能理所当然地挥霍。爱不是无限的，它就像一张信用卡，你透支光了所有的额度后，就要慢慢还债了。而挥霍带来的利息，将会压得你喘不过气来。

她唱出几首回忆

孙燕姿要来我所在的城市开演唱会了，我很兴奋，立刻买了票。

喜欢燕姿这么多年，正版专辑买了不少，因为种种原因，一直没机会听她的现场。这次演唱会，算是实现了十几年来的一个心愿。

唱歌好听的人很多，要问为什么特别中意孙燕姿，我也说不出个所以然。喜欢就是喜欢啊。她就像一款口味清甜的水果，口感不浓郁，不吃也不馋，但每次吃到，都能瞬间找回第一口的感觉。

与其说喜欢燕姿，不如说喜欢的是那些曾经的小情绪。

（1）《天黑黑》

午睡的时候，耳机里响起《天黑黑》，我马上把头埋在手臂里。办公室不是流泪的场所，我也过了肆意流泪的年龄。因此那些突然聚集的泪水，几个深呼吸之后，夭折在眼眶里。

“我的小时候，吵闹任性的时候，我的外婆常常唱歌哄我。”

我的姥姥不会唱好听的歌，却有讲不完的故事和猜不尽的谜语，大灰狼小白兔三只小猪，脱了红袍子是个白胖子，这些好玩的东西就像是童年里的小伙伴，陪着我长大，然后像乳牙一般，悄悄脱落，不知所终。

长大以后，很少会想起和姥姥相依为命的那段时光。她没什么文化，能教给我的道理不多。每次去看望她，她也只是反复叮嘱我注意身体，不要劳累。跟那些希望我成才的长辈不同，姥姥对我没有什么大的期望。对她来说，我做什么都是对的。我的任性，我的瘦弱，我的不务正业背井离乡，在她心里都是好的。

哪怕我连她最后一面都没有见到。

有人说，已故的老人如果有什么心愿，会托梦给后人。姥姥去世后，我一次都没有梦见过她。长辈们说，这是因为你姥姥疼你，不愿意让你难受。可是我宁愿难受，也想见见她。

有人说《天黑黑》这首歌关于爱情，关于成长，我却一直把它当成唱给姥姥的歌。从初中听到现在，那么多个日日夜夜，我却从来没把它唱给姥姥听。小时候，没有意识到她会离开，长大以后，又把她给遗忘了。

所有的遗忘都会遭到报复，现在我自食其果。那栋我长大的旧楼房里，那个双目失明，听到楼道里的脚步声会摸索着给我开门的老人，已经不在了。

这首歌，我也不会有机会唱给姥姥听了。

MV 里，孙燕姿穿着简单的白 T 恤、牛仔裤，在大雨中弹着钢琴，那么脆弱，却故作坚强。

“我现在，好想回家去。”

（2）《相信》

反复循环这首歌的时候还在上大学，疯狂地喜欢着一个人。那是一场莫名其妙、毫无理由的单恋，突然开始，像秋天里的一点儿火苗，在无边的荒草里迅速燃烧。

然而单恋始终是单恋，不管多么努力靠近，两个人就像相同的磁极，中间的距离从没有缩短过。选一样的课，在同一个自习室里读书，走同一条夜路。这些让我窃喜的相同点，却从来没有被注意过，那个人甚至不知道我的名字。

“突然觉得，我只是一个人，有点孤单，浅浅的犹豫。”

有时候我问自己，为什么要做这样一件傻事呢？我可是理智龟毛的处女座啊。像在爬一座不知名的高山，空气稀薄，荒无人烟，我满头大汗地攀岩走壁，被划得满身伤痕，筋疲力尽，可抬头看看，上面依然一片渺茫。突然想恨那个人：我都表现得这么明显了，怎么就不能注意到我呢？我那么喜欢你，你喜欢我一点点，会死吗？

可这些“想放弃”和“想痛恨”，总是轻易被打散，有时是那个人的微笑，有时是一次擦肩而过。给我一小块糖果，整个宇宙都甜了。

我这么懒散的一个人，习惯半途而废，却在这件事儿上铁了心。怎么能放弃，我还没到山顶呢，那里可能有世间最美丽的风景，也可能只有一片荒凉。可仅仅是对于那种可能的幻想，也让我浑身是劲，有坚持下去的力量。

“一点点你的微笑，已经让我觉得温暖，我还不懂坚持，正好让我，学会去爱。”

感情里，付出就一定要得到吗？单恋，从来都是一个人的事情。我喜欢你，我追逐你，我为你付出的一切，都是我一个人的事情。我们擦肩而过时你对我说的一句“你好”，我们初见时你对我露出的第一个微笑，因为喜欢你获得的快乐也好，痛苦也好，微笑也好，泪水也好，都是属于我自己的宝物。

也许由始至终，你都不知道“我喜欢你”这件事情，也许有一天，我会放下对你的喜欢，不再把你看成整个世界。但我相信，即便是那个时候，喜欢一个人的感觉，追逐一个人的回忆，这些东西，始终不会被遗忘。

“我还是会相信，相信感觉，相信简单。”

（3）《原来你什么都不想要》

这首歌出自《Start》翻唱自选集，原唱是张惠妹，它并不是这张专辑里最出彩的一首歌，却是让我印象最深的一首。

为什么印象深刻呢？因为这首悲伤的情歌，见证了我失败的初恋……

初二学校分班，同桌由一个爱放屁流鼻涕的小子，变成了留着短发的女孩。女孩个性跟她的发型一样爷们儿，不穿裙子，每天不同款式的衬衫牛仔裤，性格豪爽，有小虎牙，很受班里男生的欢迎。因为名字里有个“琪”字，长得有点儿像梁咏琪，大家都叫她 GiGi。

我也跟着这么叫，虽然我心里觉得她更像孙燕姿。

我喜欢 GiGi，GiGi 却不怎么喜欢我。不过这也正常，那时我又黑又瘦又小，成绩不拔尖，运动是白痴，动不动就爱哭鼻子，她能喜欢我，除非是中了邪。

不过那时候的我没认清这一点。中二少年，正好发春，对异性有朦胧的好感，就以为是爱情了。上课的时候，我总躲在课本背后偷偷看 GiGi，她的侧脸好可爱啊，鼻子那么俏皮，嘴巴嘟嘟的，遇到不会的问题时，就会不自觉地噘起来。阳光透过玻璃照进教室，把 GiGi 映得像个小天使，就连她耳朵上的绒毛都那么令人着迷。

我觉得自己疯狂地“爱”上了 GiGi，我从来没见过连汗毛都这么可爱的女孩儿！我决定追她，于是找死党翔子商量。翔子坐我后桌，我们两家住对面，每天上学放学，我都蹭他的自行车后座。跟我不一样，翔子是运动小能手，篮球足球样样行，长得也坏坏的，有点儿像当时正红的陈冠希。那个时候“翔”还不代表屉屉，所以女生们都蛮喜欢他的。

“我要追 GiGi。”我对翔子说。

翔子一脸吃了翔的表情：“你疯了。”

我说：“我不管，我一定要追她，我追不到她我会死。”

“那你死定了。”翔子说。

虽然翔子嘴很贱，不过还是很够义气，他很快帮我打听到，下周五是 GiGi 的生日，我可以送她礼物，顺便表白。

“你买点儿花，买个她喜欢的礼物，这么浪漫，她绝对会感动的。”翔子十分肯定地说。

接下来的几天，为了攒钱我连早餐都没吃，活活饿瘦好几斤，看谁都像油条。怕钱不够，我还砸了自己最喜欢的小叮当存钱罐，看着小叮当成了叮叮当当，我虽然心疼，可是想到 GiGi 笑起来时露出的小虎牙，又觉得很值得。

GiGi 生日前一天，我拉翔子陪我去买礼物。我打算先买十朵红玫瑰，代表我热烈的爱。可是花店老板好坏好坏的，他对我说："红玫瑰没货了，要不你送菊花吧，菊花也很好看啊！"

"菊花不是送死人的吗？"翔子怀疑地说。

老板竖起眉毛："小朋友不懂不要瞎说，菊花也可以代表纯纯的爱情啊！"

算了，既然花店老板这么说，那应该没问题吧？而且玫瑰花两块一朵，菊花才五毛，我还省了不少呢！买完花，接下来要买生日礼物啦，我早就想好了，要买一只毛茸茸的小熊，替我天天陪着 GiGi。然后，孙燕姿不是刚出了一张新专辑吗，GiGi 在我心里，就像孙燕姿一样，我要把我最喜欢的专辑送给她。

当天晚上，我既兴奋又紧张，在被窝里翻来覆去睡不着。明天我就要迎来我的初恋了，以后是不是可以天天跟 GiGi 牵着小手一起上学了呢？上自习的时候，我要唱孙燕姿的情歌给她听！如果有人欺负我，她是不是可以帮我打飞那帮臭小子呢？

为了给 GiGi 一个惊喜，第二天下午我请了假，算好放学的时间，带着礼物和鲜花把 GiGi 堵在教室里。我穿着最白的衬衫，鞋子擦得锃亮，还偷偷用了老妈的发胶，把头发梳成了三七开。我颤抖着双手，把花和礼物递给 GiGi。

"生日快乐，GiGi，我很喜欢你，咱俩处对象吧！"我说。

然而GiGi看起来并不是很开心的样子，她甚至都没接我的花，有点儿嫌弃地往这边看了一眼，不知道是嫌弃我手里的菊花，还是我这个人。她说："谢谢你啊，但是我不喜欢毛绒玩具，我也不喜欢孙燕姿，我喜欢梁咏琪呢。这些你自己留着吧。没事儿的话我先走了。"

GiGi说完就走了，留下眼泪汪汪的我，抱着毛绒小熊，还有十朵小菊花。我在教室里对着翔子哭天抢地了一个多小时，然后擦擦鼻涕，把菊花扔给了门卫大爷，到礼物店把小熊退掉，用剩下的钱买了一个会跳舞唱歌的可乐瓶玩具，还有两瓶可乐。我和翔子坐在马路边上把可乐喝完，就回家了。

我只留下了那张孙燕姿的专辑，回到家里，一遍又一遍地听，差点儿把磁带听烂。听她翻唱的《原来你什么都不想要》时，我简直涕泪横流，这说的不正是我和GiGi吗？我什么都可以给她，她却什么都不想要！

(4)《一样的夏天》

这首歌跟孙燕姿其他的歌相比，并不是那么出名，传唱度也不高，甚至我周围一起喜欢她的朋友都没有印象。

我却很喜欢这首歌，有种私藏的快乐。

孙燕姿唱这首歌时，唱腔和态度都十分慵懒，有种"天很热老娘不想认真唱你对付着听吧"的随意感，瞬间把人带进夏天。

听这张专辑的时候我上高一，寄宿制高中，每周回家一次。刚入学时我成绩不好，年级排在一百多名，被分到平行班。第一次离开家，陌生的环境，学习的压力，没有任何朋友，再加上青春期的迷茫，那段时间我觉得天空都是灰色的。

那年夏天，太阳很大，走在路上似乎可以闻到身上散发着烤肉味。我常常在午休的时候，一个人坐公交车从一个区到另一个区，那里有家新华书店，可以买到正版磁带。那时候没有 CD，磁带或许是十块钱，或许是十五块钱，是我一个星期的生活费。我用这一周的生活费，买下十首好听的歌，可以换取很长时间的快乐。

在午后空荡荡的教室里，趴在课桌上听歌，然后缓缓睡去。被同桌叫醒的时候，眼前的阳光打在试卷上，周围没人说话，只有写字的声音。晚自习的时候，我偷偷跑到六楼的走廊尽头，那里有扇巨大的落地玻璃窗，可以俯视整个校园。走廊里一片黑暗，显得窗外风景格外清晰，操场中央那盏大灯孤独地发亮。

中二期的少年觉得这盏灯特别像自己，一边自我感觉良好地孤独，一边心存愧疚。我对自己说，应该去学习了，不要再浪费生命和家长的钱，你这样下去是不会有出息的。道理说了很多，却都很快消失在黑暗里。

不过这些负面的情绪很快就过了期，我这人没什么耐性，连忧郁都无法坚持太久。也没有遇到什么特别的事儿，也没有什么特殊的人来打醒、骂醒我，只是突然有一天，早晨起来的时候，觉得天气很好，风很凉快，我洗了把脸，好像把所有的矫情都洗掉了，然后整个人都清醒了。

每个人都会有这样一段倦怠期吧？就像在最炎热的夏天，大街上空无一人，干什么都觉得没有意义。可是当秋天来临的时候，再回头去看，那些当时的情绪真的没什么大不了的。

“为什么，曾经深刻的消失了。没有原因，我的心已经没有想起你的空隙。没想起不是忘记，没想起你是平静。想起了你，是想起那样一个夏天。”

（5）《我也很想他》

我最好的朋友小白，跟我的室友大灰谈恋爱，红娘是我。

我这个媒人当得很是凑巧，只不过邀请他们来吃火锅，没想到吃着吃着，大灰看上了小白。小白回寝室之后，大灰打着酒嗝，像个大爷似的躺在我床上：“你觉得小白怎么样？”

“挺好的啊！”

“那你喜不喜欢她？”

“……你疯了吗，她是我好朋友呀。”

“那我追她可以吗？”

“……”

我把小白的电话号码给了大灰，这小子手脚很快，第二天就表白了。小白问我大灰这人怎么样，我说很好，于是他们在一起了。

小白和大灰都是可爱的人，但他们的爱情却不太可爱。原因很狗血：门不当户不对。高干子弟的家人觉得小户女孩配不上，小户人家女孩的父母怕女儿受委屈，不愿意高攀，双方家庭都不支持，几年里两人分分合合，最严重的一次，小白被爸爸带回了老家，不准来上学。

那天晚上，我们陪大灰喝酒，大灰醉得稀巴烂。在回学校的出租车上，他忽然握住我的手，攥得紧紧的。一米八几的老爷们儿，闭着眼睛默默流眼泪，跟孩子似的。

不过是谈场恋爱而已，有必要这么撕心裂肺吗？

我请小白吃火锅，锅里东西熟透了，她的筷子却始终戳在碗里。我问她怎么想的。小白说，还能怎么样，家长不同意，我有什么办法。我说，那你喜欢他吗？她不说话了。

我看锅里的土豆，因为没人捞，已经被煮烂了。浪费食物可耻，不喜欢吃的东西就不要随意放到锅里，既然已经涮了，就要把它吃完。感情也是这样，喜欢就开始，开始了就不要随便结束。有的人，连开始的资格都没有。

我知道小白不会放弃，她是那种看着软萌、内心坚强的姑娘。跟大灰正好相反，那家伙内心宛若少女。

果然，最后他们还是在一起了。一起毕业、读研、结了婚。

我参加了婚礼，看他们在台上交换戒指，彼此幸福亲吻；看到他们在朋友圈里成了晒娃狂魔，一张又一张地晒胖小子的照片。

我为他们感到高兴。

我还记得那个酒醉的晚上，我站在校门口给小白打了电话，她接走了还流着鼻涕说胡话的大灰。我帮大灰翻过大门，隔着栏杆跟小白点头示意，看他们拉着手，背影越来越远。

（6）《克卜勒》

电话响的时候我睡得正香，骂了句娘，挣扎下床，发现已经晚上十点多了。

接通之后并没有人说话，只传来喧闹的人声，刺啦刺啦的电流，以及模糊的音乐。

真的是很模糊，在这么寂静的夜里，我都要努力去听，才能勉强辨认出这是一首歌，一首全场正在合唱的歌。

《克卜勒》。

“等不到你，成为我最闪亮的星星，我依然愿意借给你我的光。”

“投射给你，直到你那灿烂的光芒，静静地挂在遥远的天上。”

这是孙燕姿新专辑中的同名主打歌，我曾在电台里听过。大学毕业后，很少再听孙燕姿，甚至难得想起从前的歌。手机里播放的大多是些舞曲，洞次打次十分热闹，然而就像快餐，吃饱了之后，一点儿印象都不留。

我没想到在这样一个夜晚，我会睡眼蒙眬地趴在床上，重新听到这首歌。说实在的，这个合唱版本真的不怎么样，大家各持一调，甚至能听到旁边一位大哥破音嘶吼。可这种南腔北调却意外和谐。大家唱着同一首歌，再羞涩的人这时也会勇敢起来，放声歌唱。

“一闪一闪亮晶晶 好像你的身体 藏在众多孤星之中还是找得到你”

“挂在天上放光明 反射我的过去 提醒我 我不再是一颗寂寞的星星”

音乐里，隐约听到朋友问：“怎么样，能听到吗？”

“听得到。”

“好不好听？”

“好听。”

“为什么给我放这首歌呢？”

“没什么特别的原因啊，其实放哪首歌不重要，只是觉得现在我看到的这一幕，你可能会喜欢，所以就打电话了。”

我收到过许多来自朋友的惊喜，比如在电台里为我点了一首歌，比如不开心时突然送上门的蛋糕，比如过生日时不远千里飞到我身边，午夜十二点，偷偷在客厅里点二十几盏托运过来的鸭子蜡烛，放大家合唱的生日歌。每次收到这些惊喜，我都要死死板着脸，才能勉强忍住眼泪和鼻涕，保住自己硬汉的形象。很多东西，比如风景，比如音乐，通过电话或者照片、视频来二次传递，看着并没有现场那么精彩、震撼，可朋友的心意让这些摇动或模糊的画面在脑海中变得清晰起来。我可以“看”到他们看到的美好，“听”到他们听到的旋律，感受到他们那一刻的心情。

我从他们那里学习到，把美好的事情分享给重要的人。旅途中美丽的风景，发生过的故事，擦肩而过的陌生人；生活里随处可见的小美好，一朵刚开的花，黄昏时烧红的晚霞，夜晚空荡大街上独自行走的猫……我想把快乐、惊喜、感动，所有美丽的心情，全部分享给爱我的人。哪怕只有一点点，我希望他们能从我这里感受到幸福。

而当我终于坐在台下，亲眼看到舞台上喜欢的歌手唱着喜欢的歌时，我也想把这一幕告诉大家。

演唱会上，燕姿说："下面这首歌，大家可以关掉荧光棒吗？拿出你们的手机，打开闪光灯，我们一起唱。"于是一片漆黑过后，整个体育场内逐渐闪现点点亮光，最后汇聚成一片星空。

"浩瀚的世界里，更迭的人海里，和你互相辉映，让我们连续用尽所有思念唱一首歌，给你，给你……"

跟大家合唱的那一刻，我忽然明白了朋友当时的心情。于是我也拨通了她的电话，把这首歌放给她听。

为什么要感谢伤害我的人 /
忘记他 /
No Sex On My Way /
被害妄想症 /
渺小 /
一个人吃饭 /
暧昧是浑蛋的武器 /
我爱 Boss，Boss 不爱我 /
同事≠朋友

Chapter ㊂

◇

当你开始真正爱自己

为什么要感谢伤害我的人

看颁奖典礼，一位明星获奖后，说了这样的感言。他说谢谢那些伤害过我的人，是你们让我变得坚强，我今天所有的成就，都离不开刻薄的中伤。

我觉得这位明星很有度量，管他心里是不是真的感谢，能说出这样的话，已经很了不起了。我就做不到这么豁达，对于伤害过我的人，别说感谢了，我恨不得他们生活凄惨，流落街头，跪在我面前乞讨，然后我面不改色地从他们身边走过，鄙夷地“哼”一声。

朋友小 A 交了个男朋友，对方是个百年难得一见的人渣。人渣住小 A 的房子，用小 A 的钱，吃小 A 做的饭，最后睡了小 A 的闺密。被发现后拍拍屁股，说咱俩不合适，还是算了吧，然后单方面断了一切联络。小 A 伤心欲绝，差点儿哭瞎。朋友们生怕她想不开，有段时间轮流去陪她住，连她上厕所都盯着。过了近半年，小 A 终于开了窍，不再蓬头垢面沉浸失恋，换了个发型，换了份工作，每天早出晚归，把办公室当家，把事业当男人，从一个恋爱脑小姑娘变成了事业型女强人。而事业比渣男懂得感恩，小 A 全心全意地爱它，它也宠爱小 A。如今，小 A 已经做到了部门领导，收入不菲，生活滋润，闲暇时出国旅行，该吃吃该喝喝，不知道多惬意。有朋友说，你应该谢谢那个渣男，他的离开让你懂得爱自己。小 A 说，我谢谢他？我想砍他还差不多，为了这个人渣我浪费了数年青春，真是猪油蒙了心。硬要感谢，便谢他不娶之恩。

初中时我物理很烂，烂到人神共愤的地步。100 分满分，我能拿到 50 分就要谢天谢地了。偏偏我其他科目很好，严重偏科让物理老师很不待见我。物理老师是个女的，皮肤黑黑的，扎着大辫子，我们私下都叫她黑妞儿。黑妞儿喜欢聪明的孩子，在她心里，聪明等于物理好。我的物理不好，所以她一直觉得我是个蠢货。我那时候个头不大，自尊心却大得很，小孩子其实比大人敏感多了，你不喜欢我，我立刻就能感觉到。黑妞儿觉得我蠢，我还觉得她土呢。上课总爱看着房顶，跟翻白眼似的，房梁上有金子？说话还爱喷口水，一堂课下来，第一排的同学衣服都湿了。时间久一点儿，没准儿就能在教室里喷出一道彩虹！

我跟黑妞儿之间的关系成了一个恶性循环，我物理不好，她觉得我蠢；我讨厌她，更不愿意学物理，成绩越来越差，她更烦我。这些情绪暗潮汹涌，在一天晚自习上终于爆发。当时黑妞儿在讲台上值班，遇到不会的问题，大家可以随时上去问。我那天神经错乱，忽然想好好学物理，于是拿着一张卷子上去请教。黑妞儿看了题，一脸厌恶，用教室里所有人都能听到的音量，嘲讽说这么简单的题你都不会，你有没有脑子？是不是连一加一等于几都不知道？

那一瞬间我的脸红到爆炸，如果羞辱可以分等级，我觉得这力度可以撬起地球。我不明白，我只是想问个问题而已，你可以为我讲讲，或者不理我让我自己想想，为什么要羞辱我呢？卷子

被紧紧攥在手心，揉成可怜巴巴的纸团。同学们的目光四面八方射来，把我淹没，我快不能呼吸了。我红着脸对黑妞儿说，一加一等于二。然后匆匆回到座位上，收拾好书包冲出教室。

从那以后，我再没上过物理课。黑妞儿在教室，我就到语文老师的办公室自习。很快中考来临，我去了外地读高中，再也没看到那张让我硌硬的脸。

考上大学那年我无所事事，便到初中母校逛逛。这里一切都变了样，教学楼翻新了，操场扩大了，原本的小树林成了体育馆。我在校园里游荡，遇到了我的班主任。我们聊了很多，她现在是年级主任，美丽的英语老师怀孕后不干了，体育老师和化学老师结了婚，物理老师得癌了。

“得了癌之后就辞职了，也不知道现在怎么样。”班主任同情地说。

听到这个消息，我吃了一惊，那个原本已经模糊了的形象又鲜明起来。我最讨厌黑妞儿的时候，也只是希望她在路上摔个狗吃屎，或者在全校师生面前出一次糗，并没有希望她死。现在回想起跟她的矛盾，也确实有我自己的原因。作为一个曾经的学生，老师生病了，多少要表示一下同情和关心。

然而我很快发现自己做不到，只要想到黑妞儿，脑海中第一个浮现的画面，就是那天晚上讲台上那张略带嘲讽的脸。我不会对她的不幸幸灾乐祸，但也没办法嘘寒问暖，我能做到的，只是把她当成一个陌生人，再没有多余的感情。

“是吗？”我对班主任说。

人一辈子会遇到很多次伤害，这些伤害就跟肥料似的，臭了吧唧，有时熏得人流眼泪。它们却十分有营养，好好利用这些养分，就能开出美丽的花。我感谢伤害本身，它们给了我痛苦，让我痛哭流涕，哭过之后，却让我成长。

而对于那些伤害我的人，我没有表达感谢的意思。开什么玩笑？感情上的伤害，精神上的侮辱，心灵上的打击，那些每天都是灰色、希望明天不要到来的日子，都是拜他们所赐。失恋后不敢看相似的场景，失去爱一个人的勇气；努力过却被忽视，再也没有奋斗的力量，觉得自己是个一无是处的废物，这些，也都是拜他们所赐。给过我伤害的人，就像《哈利·波特》里的摄魂怪，会吸走世界上所有正能量。

这样一些坏心眼的人，还要我去感谢？

真正要感谢的，是一直站在身边的人。紧握双手陪你哭的人，冰冷的夜里给你怀抱的人，替你怒骂伤害者的人，忍受你坏脾气和负能量的人，鼓励你重新站起来的人。他们就像黑夜中的路灯，艳阳下的雨伞，替你分担了痛苦。他们也是创伤药，减轻了痛楚，加快了伤口的愈合。

还要感谢的，是承受了伤害却能顺利走出来的自己。现在所有的好，都是你用伤痛换来的。你要感谢自己足够坚强，才扛得住过往。一次次碰壁后的重新尝试，一次次受伤后的继续拼搏，那些忍在眼眶里的泪，滑落在后背的汗，蜷缩在被窝里的一个又一个黑夜，都是你蜕变下来的皮。你要感谢自己没被伤害打败，从此失去相信的力量，你要感谢自己没有放弃希望，才把挫折转变成坚强。

感谢那些伤害过我的人？做梦。我不去痛恨，因为他们不值得我记挂。我不去报复，因为我要把目光放在前进的方向。我希望下次遇到那些人时，我是光鲜亮丽的，充满自信的，我会微笑着和他们擦肩而过，一秒钟都不会浪费在他们身上。

忘记他

我时常怀疑自己是潜在的阿尔茨海默症患者，因为我的记性一直都不好。出门前明明心里默念十多次要带雨伞，结果走出小区，被哗啦啦的雨淋透了，才想起伞放在桌上没拿；手里握着钥匙，却在屋子里翻来覆去地找；初中时要好的同学，再次相见聊了一个多小时，硬是想不起人家的名字；除了父母和自己，记不住任何人的生日，导致好多人就此绝交。

可奇怪的是，明明经常丢三落四，但对于一些努力想忘记的事儿，我却总能记得清清楚楚。比如那些丢脸的瞬间：走路撞柱子，在喜欢的对象面前打喷嚏结果喷鼻涕，或者在大庭广众之下被人发现裤子没拉拉链……

前几天工作出了个大糗，被领导臭训一顿。早晨洗澡的时候，不知怎么就回想起来，记起当时的尴尬，介意得要死却要假装不在意的样子，想到领导发青的脸色，同事们若有若无看过来的目光，越想越丢脸，恨不得喷头里的水再猛一点儿，直接把自己淹死算了。

每每记起丢脸的事，虽然一再对自己说不要想了，过去就过去吧，人要向前看。可越想忘掉，那些画面就越清晰。而比丢脸的事更难忘记的，是那些想遗忘的人。

朋友大春子去看了一位独立歌手的Live，回来后对我说，这名歌手跟我很像。我想，跟我像的话，肯定是个帅哥。于是在网上找了他的视频来看。结果发现除了声音、表情、动作、穿衣风格有点儿像之外，其他根本不像嘛。我虽然对大春子的近视程度表示担忧，不过在看视频的过程中，喜欢上了一首由这位歌手翻唱的歌：邓丽君的《忘记他》。

“忘记他，等于忘记了一切，等于将方和向抛掉，遗失了自己。忘记他，等于忘尽了欢喜，等于将心灵也锁住，同苦痛一起。从来只有他，可以令我欣赏自己，更能让我去用爱，将一切平凡事，变得美丽。”

生活里总会遇到一些相似的人，这种相似并不单指长相，总有一个细节，会让你想到内心深处的某个人。也许是手指夹烟的动作，也许是走路松垮的姿势，也许是嘴角咧开、眼角下垂、那个傻乎乎的笑。这些似曾相识的细节就像微弱的电流，激发了心里的开关，让你再也守不住记忆的阀门。那些被刻意关住的甜蜜、酸楚、遗憾、美好，瞅准机会，争先恐后地逃出来，砸得你措手不及。

人总想遗忘一些东西，比如办公桌上等待处理的文件，洗碗

爱情不会在原地等谁，

一个不小心，

它便被时间带走了。

池里还没刷的锅碗瓢盆，宠物笼子里新鲜的大便小便，明明已经结束却没勇气说再见的人。为了遗忘，一些人选择暂时离开。旅行的确是遗忘的催化剂，人类那么见异思迁，在陌生的环境里，有那么多的美景美食、美女帅哥，就连街角的老猫老狗都那么有新鲜感。我把所有的时间都用来看世界了，哪有空去想你呢？

然而这遗忘只是暂时的。当一切结束，回到家里，打开房门的一刹那，回忆扑面而来。桌上成对的水杯，沙发里空出的位置，床头那个落满了灰尘的兔子玩偶，都在告诉你，曾经有一个人出现在你的身边，现在却已经离开了。这个时候，会有一种打包行李的心情，既想收拾跟过往有关的一切事物，把它们永远封存，又会在收拾的过程中忍不住仔细回味，舍不得就这样放弃。

其实那些深刻的回忆，深爱过的人，哪里有可能会被忘记呢。只要一个熟悉的风景，一句俗烂的情话，随时都可以把他从心里放出来。所谓的疗伤之旅，彻底忘记，不过是自己给自己一个喘息的借口。我们只是需要一段时间来平息伤痛，积攒勇气，从那些或美好或痛苦的曾经里走出来，开始新的生活。

No Sex On My Way

旅行中，除了尿急、拉裤子、放屁被人家听到、打喷嚏喷到别人脸上、以为自己很帅其实裤链没拉等，还有一件事会让我觉得特别尴尬。而在龙胜梯田的第一个晚上，这种尴尬的事情就在隔壁上演了。

我们居住的客栈位于平安寨的最顶端，四层小楼建在半山腰上，窗外的风景格外漂亮。冲杯热茶，打开窗户，可以俯视整个山寨。青石板路上蚂蚁大小的游人，正呼哧呼哧地喘着粗气爬山；懒惰的肥美大姐花 200 块钱雇了竹制轿子，贵妃一样被抬上山来。

客栈的棚顶和墙壁大部分是木制的，虽然有特色，隔音效果却很差，我在自己房间里放个小屁，隔壁的客人就会捂着鼻子冲出来。

淡季的平安寨十分冷清，加上我们的客栈太高，游客懒得爬，当天店里只有六个客人。除了我们，剩下四个是英国人，一对老夫妇带着一对小夫妇。吃饭时我们得知，小夫妇是老夫妇的儿子儿媳，一家人出来旅行。这一家子都戴着眼镜，打扮整洁，谈吐斯文，是读书人的样子。

没想到入夜就变了样。

由于寨子里没什么夜生活，洗完澡，我和朋友看了一会儿星星，便围坐在土炕上，用 iPad 看一部老电影。当呻吟声隐隐传来时，我们还以为是电影原声，可随后“嗯嗯啊啊”逐渐加大，伴随着床铺“咯吱咯吱”的声音，我们这才反应过来，顿时羞红了姣好的脸蛋儿，不约而同拿起玻璃杯，倒扣在墙上侧耳倾听。

“嗯嗯啊啊”来自隔壁，没记错的话是那对年轻的夫妇。果然是如狼似虎的年龄，从声音就可以听出小情侣身体倍儿棒！那铿锵有力的嗯！那抑扬顿挫的啊！那或粗或细的“oh my god”！节奏感那么强烈，让人忍不住想随之洞次打次。而舒爽的“oh yeah”“oh no”也让人深思，到底是“yeah”还是“no”啊？

夜晚的平安寨格外宁静，没有路灯，月光轻抚着每一个角落。这一刻，无论是被清风吹动的树叶，还是屋顶闲逛的耗子，连虫叫都不见了，仿佛所有的生物都放下手中的事情，像我们一样，用心倾听这对爱侣的“嗯嗯啊啊”。

太羞耻了，太……令人羡慕了。

茱莉亚·罗伯茨有部电影叫《Eat Pray Love》，翻译得信达雅一点儿就是《饭岛爱》。电影讲的是女主角为了寻求心灵上的平静，分别到不同国度旅行的故事。顾名思义，吃饭、祈祷和爱情是每段旅行的主题。虽然这部电影的后半部分我睡得哈喇子都流了出来，但其中的道理我却很同意：旅行嘛，不就是发现好吃的东西，被美景启发灵感，以及寻求一段艳遇吗？

回想我的旅行，美食吃了不少，美景看了许多，可唯独这艳遇却一次都没有。这也难怪，我本来就不是人群里帅到发光的类型，平时全靠打扮才不影响市容，在旅途中懒得收拾，一脸胡子，头发像鸡窝一样，这样都有艳遇的话，那人绝对审美畸形。而且我这人㞞，别人跟我聊天我都不知道说什么，更不要说主动搭讪了。

跟爱人一起出游，也很少在旅行中做爱。大部分的时间和精力，都在白天的吃喝玩乐中耗尽，晚上回到宾馆，洗过澡，筋疲力尽倒头就睡。那些白天游山玩水、晚上生龙活虎的人，体力是有多好呀！而且作为一个典型的处女座，我发挥了百分之百的龟毛本领，再亲密的人也一定要分床睡。床就像我的领地，一个人独占久了，不习惯跟他人分享。

也有差点儿擦枪走火的时候。大学毕业旅行的最后一天，两个人喝了酒，洗过澡，穿睡衣头顶着头手牵着手，躺在床上。我们很困，却不想睡。聊大学四年的生活，聊对彼此的第一印象，聊为什么会走到一起，唯独没聊的是未来。因为我们都知道，明天过后，大家将各奔东西，以后是什么样，谁都没去想，也不敢想。

我们看着对方的眼睛，看到了对方眼里的自己，一脸离别思绪。不知道谁先闭上眼，我们接吻了。

世界上所有的甜言蜜语，

比不上临睡时耳边的一句我爱你。

然后，就没有然后了。几个朋友破门而入，说最后一天要high到天亮，于是我们斗了一整夜的地主，贴了满脸纸条，最后男男女女挤在一张床上睡得七扭八歪，什么离别的气氛都被冲没了。这时候我们两个也只能相视一笑，在黑暗中握紧双手，偶尔抚摸彼此的脸颊，享受偷偷摸摸的甜蜜。

那是我们恋爱中唯一的吻，然后就像千千万万对异地恋人一样，从开始的小别胜新婚，到逐渐失去共同语言，最后以平淡分手收场。

和爱人一起看美丽的风景固然浪漫，但沿途可能发生的摩擦却会让浪漫打折，也会影响整段旅行的心情。旅行最大的功效是调整心情，任何会影响这种功效的因素，都要提前剔除。不过，这只是一个没爱人陪在身边的独自出游的人一点儿充满酸味的自我安慰罢了。此时面对隔壁传来的“oh yeah”“oh no”，我心生嫉妒，却不能立刻挖个大坑，把那对爱情鸟埋了。只好拿出耳机，把音量调到最大，缩进被窝里，用睡眠来表达抗议。

被害妄想症

作为一个资深的被害妄想症患者，我从来没意识到自己有这种毛病。拜托，对任何人保持恰当的戒心，害人之心不可有，防人之心不可无，这难道不是人类应该具备的技能吗？是啦，大家都喜欢天真的人，可天真的人往往死得好惨。你看《甄嬛传》里那个只知道吃的淳贵人，多天真啊，没活几集就被淹死了。再看看童话里的小红帽，够天真吧？结果被狼一口吞了，没有猎人的话，她早就变成狼屁屁了。

小时候，我妈经常教育我，不要随便跟陌生人说话，更不能乱吃陌生人给的东西，否则会被磨刀的老头儿、捡破烂的老头儿、卖冰棍的老头儿等一系列不同职业的老头儿拐走，带到树林里喂大灰狼。我那个时候不知道哪里能冒出这么多不同种类的坏老头儿，也不知道我这副小鸡子似的身材其实还不够大灰狼塞牙缝的，只是对我妈的话深信不疑，遇到陌生人都绕得老远，生怕自己被拐了。有一次放学，我走在前面，我爸在后面跟着，忽然一对中

年男女跳出来拦住我，非要请我吃冰棍，说自己买多了。吓得我当场大哭，对着后面大喊“爸爸救我”，整条街的人都看了过来。结果我爸跑过来一看，这俩人是他同事……

长大后，对陌生人的戒心更强了。一个人旅行，乘火车也好，飞机也好，最爱选角落的位置，一是方便观察周围的环境，二是便于隐藏自己。行李要放在随手可见的地方，戴上耳机，不跟任何人交流。有人想搭话，把头扭向窗外，假装没看到。要是对面或者旁边有个自来熟的家伙，说起话来没完没了，就只能装睡了。有人说，在旅途中跟陌生人交谈是一种乐趣。我理解这种乐趣，但如果乐趣伴随着一定的风险，那我宁可不要。

2010 年的假期，我和两个朋友去了凤凰。从吉首火车站出来，我们打了一辆出租车。司机是位四十多的大叔，长得像只和蔼可亲的猴儿，又健谈又搞笑，一路上给我们推荐了不少当地景点，什么苗族篝火晚会啊、苗族集市啊、赶尸表演啊，说得特别精彩，勾得我们恨不得立刻过去看看。大叔特别热心地帮我们订了朋友的宾馆，说是古镇里位置最好、价格最公道、环境最舒服的住处。怕我们买景点门票时被宰，还专门打电话托朋友买了几张便宜门票。一个陌生人，对我们这么热情，两个朋友感动得落下了晶莹的泪水。而我却觉得很不对劲儿，一是被害妄想症发作，二是这大叔长得太像坏人了，他怎么能干好事儿呢？但碍于我们在人家车上，如果得罪他，轻一点儿会被丢在路上，严重一点儿恐怕会有生命危险，我只好默默接受。下了车，付了费，到了地方之后我们才发现，所谓最好的宾馆位于古镇最偏僻的角落，没空调，床铺被褥发了霉，墙壁上还有可疑的污痕。再看看他帮我们买的门票，比正常价格贵了一倍。篝火晚会只有一盆火，几个要死不活的中年妇女围着转了几圈。苗族集市就是农村大集，人挤人，踩了我们一脚泥巴。赶尸更坑爹，一堆杀马特穿着黑色的骷髅服，假装僵尸全场乱跳，我们甚至可以看到他们脚上穿的假阿迪运动鞋。

你看，这就是轻信陌生人的代价。

我一直觉得，这世上没有免费的午餐，别人又不欠你的，怎么可能无缘无故对你好呢？无事献殷勤，非奸即盗，所有的好都建立在有所图的基础上。然而在桂林的几天，这里的人用实际行动狠狠打了我的脸。

从桂林到龙胜梯田，我们包了一对中年夫妇的面包车。有了之前的教训，对这种私人包车，我更加不信任，觉得十有八九会宰客。因此一上车，便决心当个聋子，做个哑巴，铆足了劲儿随时准备跟司机杀价，还在脑海中默默模拟了杀价失败后跳车的姿势。而不管是杀价也好，跳车也好，我都没有机会实施。两个多小时的车程，司机大哥为我们介绍了当地的民俗、景点，他的老婆请我们吃了新鲜的水果。走到比较颠簸的路时，他还会贴心地控制车速，以免我们不舒服。到达目的地后，司机并没有漫天要价，只是按照约定，仅仅收了五十块钱。

在龙胜梯田度过的第一晚，我们爬山归来，饥肠辘辘，看到什么都想吃。然而寨子里没有正规饭店，只有客栈或当地居民自己在家煮的农家菜。我们就近找了家客栈，菜单上并没有明码标价。我阴暗地想，这顿饭一定会挨宰。抱着“挨宰就挨宰，填饱肚子最重要，只要没贵到卖裤子，就咬牙忍了”的想法，我们点了一条清蒸鱼、一只竹筒鸡、炒竹笋和米饭。结果等开饭等了一个多小时。这让我们十分火大，价钱贵就算了，上菜时间也太久了，整个客栈里只有我们一桌客人啊！你是去河里抓鱼，去山里养鸡摘竹笋了吗？

结果，老板还真去河里捞鱼了。

为了让我们吃到新鲜的鱼，中年女老板到附近河里抓了条鱼，现场宰了一只肥鸡，竹笋则是早上挖的。米饭放在竹筒里，蒸得香喷喷的，鱼和鸡并没放太多调料，味道却无比鲜美。我们舌头都要吃掉了，恨不得把盘子都吞了。而结账的时候发现，这顿饭

人与人的交往就好像盛饭，

我添满，

你吃光，

就这么简单。

竟然不到二百块钱。我们很诧异地问老板是不是算错了。老板很惭愧，说不好意思上菜太慢了，不然我再给你们便宜十块钱吧。

吃完晚饭，天色已晚，寨子里晚上没有路灯，怕我们迷路或摔倒，老板打着手电筒，送我们回宾馆。从客栈到宾馆，一个在半山腰，一个在山顶。出门时，老板不锁门，连灯都没关。我问她："你这样不怕丢东西吗？"她说："寨子里家家户户从不锁门，就这么些人，彼此都认识，谁偷你的东西呀？"

"那么游客呢？"

"哪有那么坏的游客呀？"她笑着说。

除了这位老板，平安寨里很多人都让我感觉到温暖。让我们免费歇脚喝水的壮族大叔、说话颤悠悠为我们指路的老奶奶、半夜帮我们抓虫子的客栈服务员，连路边的小猫小狗都格外友善，任摸任逗。当地一些小店把商品直接放在门外，在竹椅上放个小筐，游人拿了商品，自己把钱放在筐里就可以了。没有人算账，没有看管，但我相信，来这里的每一个人都会自觉地交钱。

如此淳朴的民风让我觉得惭愧，来之前的那些臆想让我像个笑话。在复杂的环境里习惯了钩心斗角，受过一些欺骗，就以为自己看透了全世界，在身上披厚厚的壳，自以为是地包裹住自己。隔着这层壳，想保护自己，却看不清别人释放的善意。

其实有时候，人家对你伸出手，只是单纯地想拉你一把而已。

渺　小

我家的金鱼死了一条，嘴唇微张，肚皮朝上地漂在水面上，一副死不瞑目的样子。鱼缸里另外四条小伙伴欢快地吐着泡泡，时不时从尸体旁游过，对发生在身边的惨剧漠不关心。

这条金鱼是过年时老爸在家附近的一个菜市场门口买的。卖鱼的老头儿真敢宰人，这么一条鱼竟然要五块钱。同样的品种，在宠物市场只要一块。我去买龟粮，因为买得多，老板的脸笑成菊花，还免费送了我两条，可见这种小金鱼是多么廉价。而此时的老爸，就像千千万万个买东西不看价钱直接往筐里扔的男同胞一样，爽快地用买十五条鱼的价钱买了三条，顺便买了个小鱼缸。

当然，这事儿我没敢告诉老妈，不然我爸晚上肯定睡沙发。

刚买回来时，老爸特别兴奋，又是铺细沙，又是栽水草，晚饭还专门炒了螺蛳，就为了把那几个海螺壳放在鱼缸里。布置过的鱼缸美美的，三条贵族小金鱼开心地在水里撒欢儿，然后以一天一条的速度死了俩。我爸几乎落下男儿泪，我妈则比较理智，

我讨厌止步不前的自己，

我讨厌不能坚持理想的自己，

我讨厌在迷失中变得碌碌无为的自己。

仔细分析了原因，最后判定怪我：鱼缸放在我屋里，我晚上睡觉爱关门，人类呼吸产生二氧化碳，屋里二氧化碳浓度太高，小鱼缺氧致死。

妈呀，简直太有道理了！我竟无言以对。

虽然我更怀疑是我夜屁太多把它们活活熏死了，但不管原因是什么，为了拯救最后一条小可怜，鱼缸被我爸从我的房间移到了客厅飘窗上，与花花草草做伴。结果这条孤苦伶仃的小鱼竟然就此活了下来，而且每天都很欢实。

可是半年后的现在，这条身价五块、比鱼缸里另外几个小伙伴金贵了五倍的家伙，终于死了。

具体什么时候死的，不知道；什么原因死的，也不知道。我小心翼翼地把它捞出来，用纸包好，丢进垃圾桶。心里没有特别难过，它实在太小了，小到连能分给它的感情都有限。一个人死了，亲朋好友会伤心。家养的猫狗死了，主人会伤心。再小一点儿的话，小鸟死了，会伤心。再小一点儿，蚂蚱死了，会伤心吗？小花小草死了，细菌死了，会伤心吗？

当然不会啦，那么渺小的生命，谁会在意啊？

在某些人眼里，我也像这条金鱼一样渺小吧。活着的时候没存在感，死了也悄无声息的。就像看演唱会，歌手在台上享受灯光尽情欢唱，台下的观众忽然少了一个，会有人注意吗？

有的时候，我觉得自己就是那个忽然消失的人。朋友圈里发新状态，回复数永远是零。大家在群里兴致勃勃讨论去旅游，没人问我的意见。领导布置工作，同事各司其职，只有我闲着。不是没有努力去融入，只是那些自以为是的努力在别人眼里根本不值一提。你说的话人家听不到，你的想法人家不在乎，你的意见人家当个屁。你那么渺小，就像车窗里忽然闪过的路人，脸是模糊的，雨天的时候，没准儿还会把积水溅到你身上。

年轻时总觉得世界围着自己转，就像热血动漫里的主角，剧情的发展全靠我。天气晴朗是因为我要出门，花儿好看是为我开放，女生们叽叽喳喳，一定是在讨论我。如果有一天我消失了，地球没准儿会停止转动呢。

现在想想，到底是哪儿来的自信啊？！

醒醒啦，我又不是人民币，怎么可能人人都爱我。以为自己是主角，其实只是打酱油的，在第一集里就死翘翘了。天气晴朗，花儿开放，都与我无关。女生们看过来，也只是因为我的裤链没拉而已。

如果有一天，我消失了，为我伤心的人，也只有那么几个吧。

是的，我承认，我就是个渺小的人。

但是渺小的人也可以挺直腰板活着啊。路人甲也有自己的人生，隐形人也有获得幸福的权利。鸟儿飞翔时会觉得自由。蚂蚁发现蜜糖后会觉得高兴，金鱼在水里游荡时会觉得安逸。那些渺小的生命在你注意不到的地方，也会尝尽酸甜苦辣，努力地活着。

所以渺小又怎么样呢？别人可以忽视我，但我永远不会忽视自己。

梁咏琪有首歌叫作《嫌弃》，第一次听是在她的演唱会上。前奏响起，她这样说：“全世界嫌弃你都不要紧，自己不可以嫌弃自己。”

全世界嫌弃你都不要紧，

自己不可以嫌弃自己。

一个人吃饭

这世界上有很多事情让我害怕，比如长着复眼的虫子、突然堵塞的马桶、跟讨厌的人独处在电梯里……这其中一件相对微小，却又很常遇到的，就是一个人吃饭了。

首先，一个人吃饭很孤独。哪怕是我这种孤僻惯了的怪家伙，也不喜欢一个人对着一张桌子、一副碗筷、一盘菜一个人夹。如果是在家里面吃，熟悉的环境里，或许感觉还能好一些。可若在饭店、在食堂，周围越是热闹，衬托得你这张一个人的桌子越是孤独。

孤独是一方面，对于吃货来说，一个人吃饭最痛苦的，是不能吃个痛快。菜点多了怕浪费，点少了又不甘心，吃着这样想着那样，总是惦记着没吃到的。大家一起吃饭就没这种顾虑，你点一道菜，我来一碗汤，满满一桌子，每样都能夹几筷子，各种口味都能尝尝。而且大家都跟饿死鬼似的，只怕吃不到，不怕吃不完，到最后盘子就跟刚洗过一样干净，酒足饭饱，心情也敞亮。

普通人的一天里，最幸福的时光不就是晚上进被窝，白天上饭桌吗？哪怕只有两个人，面对面埋头苦吃，用筷子打架，抢盘里最后一块肉，即便抢不到，心情也是好的，连饭都能多吃一碗。

因此只要出去吃饭，我必定要约上两三个吃货，热热闹闹，高高兴兴。

有一天中午，同事带我去吃排骨米饭。这家店很小，店面破旧，环境堪忧，然而食客却多得惊人。同事说，这是因为这里的

排骨炖得火候超赞，肉质鲜美，再配上秘制靓汤、新鲜大白菜和面土豆，吃起来满嘴流油，让人欲罢不能，当然受欢迎。

“就连你这种‘一碗超人’，在这里也能吃上两碗！”同事说。

等餐的空隙，同事去盛小菜，我在座位上玩手机。这时一位阿姨走了过来。这位阿姨体形微胖，烫了发，却能看出平时不怎么打理，于是成了不怎么时髦的发型，黄色之中夹杂着一些白发。阿姨没化妆，脸有点儿发黄，穿着打扮都很普通，是那种典型的中年妇女。她小心翼翼地，用带着一点点方言的普通话问我：“小伙子，你对面有人坐吗？”

我很抱歉地说有，阿姨有点儿失望，不过这时刚好旁边桌的两个人吃完了，她便坐在了那里。因为有了这段对话，接下来我总是不由自主地注意她。阿姨点了一份排骨米饭，连小菜都没拿。她似乎不怎么出来吃，吃饭的动作很僵硬，感觉很在意别人的目光。排骨米饭，自然要啃排骨，吮骨髓，用汤拌着饭，吃着才香啊。可阿姨即便是吃排骨，也是十分局促的，用筷子一点点戳下来，再夹到碗里。可总有一些地方是戳不下来的，每到这个时候，阿姨就会偷偷看看四周，见没人注意她，才很快用手撕下来放到碗里。

我有个毛病，只要遇到差不多年龄的妇女，我都会想起我妈。不管是单位的领导，还是商场里的顾客，哪怕是路边卖烤地瓜的大姐、扫大街的环卫工，身上总会有一些特质是像我妈的。虽然对于我时不时的联想，我妈并没有感到很高兴，一直对我抗议，希望我能看到某位演员或者明星的时候再想起她。

而此时，这位局促吃饭的阿姨，又让我起了联想。我仿佛看到我妈一个人在饭店，忐忑地问一个陌生人可不可以拼桌，被拒绝后只好自己孤零零地等位子，点了菜，小心翼翼地吃，想啃排骨上的嫩肉，却不敢用手去抓，怕被人笑话。天哪，好心酸，我要落泪了。

我从高中开始住校，上大学，出国读书，再到外地工作，我不知道在这么长的时间里，老爸不在家时，老妈自己一个人是怎么吃饭的。她会不会像这位阿姨一样，到陌生的饭店里一个人吃饭。又或者更对付，在家里吃些饼干零食，随便煮个饺子，下个面条，就着咸菜，看着电视就吃完了。

这些我害怕的场景，可能正发生在我最爱的人身上。更可怕的是，为了生活，我竟然没有办法去为之改变。

我回过神来的时候，隔壁桌的阿姨已经走了。桌上有一碗吃了一半的米饭，和几块啃得整整齐齐的排骨。

暧昧是浑蛋的武器

在跟一个不怎么靠谱的对象分手之后，我亲爱的朋友熊子又投入到一场新的恋爱当中，于是我一边感慨女孩子的生活里只有爱情，真是让人羡慕，一边在旅途中充当小女生的恋爱咨询家。

据熊子说，她还不能算是在恋爱中，因为到目前为止，都只是自己单方面表达好感而已。对方是同一个单位的同事，两人在一次培训中认识。熊子说，真正喜欢上他，是一次吃饭，正好坐在一起，聊了几句之后发现很谈得来，仔细一打听，熊子是巨蟹座，男生则是天蝎座。

“天哪，简直是绝配！”熊子语气如梦似幻，我仿佛能看到电话那头她捂胸的样子。

虽然我到现在也不理解单凭星座怎么看出两个人配不配，可那次愉快的聊天过后，熊子便坚信对方是自己的真命天子，并且打算主动出击。她不断打电话约对方见面，一起看电影，逛街，读对方喜欢的书，陪对方做他喜欢的事情，为对方准备昂贵的生日礼物。对于双方的未来，熊子已经计划好了，先谈场恋爱，然后迅速结婚，婚后一年生两个宝宝，一家四口幸福地生活在种满鲜花的房子里，Happy Ending。

“我要在房间的每个角落里都摆上维尼熊！”熊子幸福地说。

“……那么他呢？他有对你表白吗？有跟你确定关系吗？”我问。

“哦，他说暂时不想定下来，我们还年轻，要以事业为重，现在还不是谈婚论嫁的时候。不过他说觉得我不错呢。”熊子说。

喂，医院吗？这里又有一位暧昧受害者。

按照熊子的意思，对于她做出的努力，男生并不是毫无反应，而是通盘接受，不过也没有进一步的表示。在熊子看来，这是对方给了她进一步的希望，而在我看来，这只是一个可恶的、暧昧的游戏罢了。

在每段爱情正式开始之前，都有个暧昧期。暧昧期里，你喜欢的人就像经过了美图秀秀，被修饰得非常完美，对方的一举一动、一颦一笑，都像长了小钩子，调皮地钩着你的心，让你觉得那么美好，就连人家挖鼻屎的样子，都让你觉得超级可爱。

暧昧期里的对话也让人浮想联翩，你说这朵小花真美呀，他说没有你美。你说这里的风景不错，他说我的眼里只看得到你。你说今晚的月亮真圆啊，他说哪有你脸圆啊。不管什么场合、什么话题，只要在暧昧期里，连喘气都像调情一样，让人羞羞答答，却又欲罢不能。

我以前觉得，除了相伴一生，爱情里最美好的阶段就是暧昧期了。那种朦朦胧胧的对彼此的好感，就像大餐里的前菜，有点儿美味却又不腻，勾起了胃口却又吃不饱，提前给了人愉悦，让人对后面的正餐充满期待。

你看，暧昧中牵个小手都能让人偷笑一晚上，等到真正恋爱，小手早就摸腻了，哪还有那种脸红心跳的新鲜感啊。

不过暧昧这道前菜虽好，却也不能多吃，否则很容易耽误正餐。就像歌词里唱的，暧昧让人受尽委屈。

暧昧也是浑蛋的武器。

有结果的暧昧是美好的，没有结果的暧昧就是耍流氓了。有些人很享受暧昧的过程。他们喜欢那种被人挂念的感觉，自己的一举一动牵扯了某个人的心。自己皱一皱眉头，对方会伤心；自己笑了，对方就快乐。自己生病了，对方第一时间送来关怀；自己撒个娇，对方愿意捧上整个世界。这事儿多美好啊！自己就是对方心里的国王，让一个没有血缘关系的人，毫无下限地俯首称臣。但是对于自己唯一的臣民，国王陛下却不会履行任何的义务，他不会给出承诺，不会赐予名分，更别说去守护了。

对于这种国王，我们一般赐名为浑蛋。

给了人希望，却又不给结果；勾起了胃口，却叫人家去别的饭店吃饭；你跟我谈感情，我跟你开玩笑。明知道最后不能在一起，那就不要跟对方搞暧昧，既浪费彼此的时间，又伤害对方的感情。

不过这事儿一个巴掌拍不响。如果没有纵容，浑蛋哪里会这

暧昧像道开胃菜，

限量供应，

让人欲罢不能。

么嚣张。人都是细腻的动物，尤其是面对感情，难道在相处的过程中，对方偶尔流露出的敷衍，言谈中透露出的冷淡，就没让你察觉到，对方其实不喜欢你吗？又或许，只是因为爱得太深，故意忽略了这些事实，妄想着某一天，能用真情打动对方，换来完美结局？

做梦。

有部电影叫作《He is just not that into you》，我觉得可以推荐给很多被爱情冲昏了头脑的青年。这部电影告诉我们，如果两个人互相喜欢，那么暧昧就是一场爱情故事的开幕。可若是只有单方面的喜欢，那么暧昧过后，很可能就变成了一部喜剧。就像电影里讲述的那几对，如果他或她没那么喜欢你，那么你一头热的付出，在观众看来，其实蛮好笑的。

我告诉熊子，说什么“不想定下来、自己不够好、身边曾有太多失败的感情”等等，都是狗屁借口，一切的一切，都只是因为他没那么喜欢你而已，他喜欢的，只是你提供的暧昧。如果喜欢你，管他三七二十一，早就撸起袖子上了。

“那我应该怎么办呢？我真的挺喜欢他的。”熊子问。

如果对方没有继续下去的意愿，你又有足够坚韧的心性的话，那就继续享受暧昧呗。吃过这道前菜，擦擦嘴巴，离开这家餐厅，再去换一种口味。

只要年轻，总是会饿的嘛。

我爱 Boss，Boss 不爱我

我所在的部门有三个直属领导，如果说单位是个 RPG 游戏，那么我过关斩将，最终要面对的是一个大 BOSS 和两个小 BOSS。大 BOSS 是个大叔，身材魁梧，满头白发，长了一张笑脸，看起来十分无害，像只萌萌的大熊。如果你被这样的外表迷惑，那可就大错特错了，大熊外表慈善，内心却相当火暴，发起怒来连自己都怕。通常他只要脸色难看，即使不说话，浑身也会散发出强烈的杀气，让我们这些手下小兵战战兢兢，连呼吸频率都得小心控制，生怕当了炮灰，被骂个狗血淋头。

两位小 BOSS 里一个胖乎乎，整天乐呵呵的，有什么事情好商量，属于那种邻家阿姨型。她特别喜欢吃零食，手提包里也好，座位上也好，总是有各种各样的零食。通常我们买了好吃的，看到她过来，也会跟她一起分享，顺便聊聊八卦。

另外一位 BOSS 是位漂亮姐姐，打扮时髦，性格泼辣，因为工作能力强，年纪轻轻就被提了领导。跟前两位比起来，因为年龄相近，大家跟她更处得来一些，有些事情也更好沟通。不过这一切都得在保证工作的前提下，如果你在工作上犯了错，她会毫不留情地痛批你一顿。

刚参加工作的时候，我总觉得这些领导特别爱我。

想想也是啊，我这么年轻，长得还不错，又有学历，人又机灵，能不喜欢我吗？你看，迎面遇到时，大叔总是对我笑呵呵的，那么和蔼可亲，就跟我大伯似的。没事的时候，胖阿姨也总爱过来转悠，说你这儿总有好吃的，快给我点儿。有时候有点儿个人情况需要请假，去跟漂亮姐姐说说，一般她都能给通融一下。

这难道不是喜欢我吗？

在这种“太阳当空照，花儿对我笑”的自我良好感觉中度过了半年的傻白甜时光，终于有一天，在工作中，我犯了个非常低级的错误。这个错误犯得很没有水平，不过我也没太当回事儿，反正领导喜欢我，顶多说两句，没准儿就这么过去了呢。但是我的如意算盘打错了。大 BOSS 审阅后，把我叫到他的办公桌前，和蔼可亲的笑脸也不见了，板着一张脸，一点一点地指出我的错误，越说越生气，最后还拍了一下桌子。而这时我还没有反应过来，没有从他紧皱的眉头和抿住的嘴角判断出这是发大火的前兆，竟然还顶了几句嘴。我想，为了这个任务，我做了这么多准备，前一天甚至工作到凌晨，我这么认真，没有功劳也有苦劳吧？

我以为我辩解之后，领导会阴转晴天，笑着拍拍我的肩膀，说：“哦，原来你这么辛苦，那我错怪你了，这次就算了，下次继续努力哟，么么哒。”

事实证明我想多了，听了我的解释，领导更加火冒三丈，维尼熊瞬间化身暴力熊，对我怒吼：“我指出你的错误，你还这么不虚心，说一句你顶两句，年轻人怎么这么浮躁，让你改你就给我去改！不改完别下班！”

偌大的办公室里有七十多名同事，那一瞬间他们仿佛都成了哑巴。屋里特别安静，除了空调嗡嗡作响，还有我自尊碎掉的声音。我从眼角看到，隔壁办公室的几个人偷偷冒出头来，看着我这个可怜兮兮的倒霉鬼。我就当着这么多人的面，站在这里罚站，那些偷偷打量的目光就像一根根钢筋，狠狠插在我身上。我双拳紧握，指甲陷进肉里，用这点儿疼痛来保持冷静，告诉自己，要平静，表情不要变，不要让别人看笑话。我把全身的力气都用来控制脸部肌肉，一刻也不敢放松，因为我知道，只要我松一口气，脆弱就会铺天盖地，把我埋得连头发丝都不剩。

我忘了当时我是怎么回到座位上，怎么把工作改完的。我只记得，从那天起，我意识到，其实领导根本不爱我。如果说从天而降的苹果给了牛顿灵感，那么这顿突如其来的臭骂就像一个大西瓜，砸得我眼冒金星、醍醐灌顶。仔细想想，那些我自以为是的喜欢，其实每一个同事都拥有。进一步观察，领导何止是不爱我呀，简直是讨厌我。

部门接了笔大单子，成功了能大捞一笔，领导的年终分红可以买辆豪车，大家的年终奖也能翻一番，大家都很重视，办公室里充满干劲，就差集体对着夕阳大喊“干巴爹”了。在例会上，领导第N次说了这笔单子的重要性后，从头到尾仔细分布了任务，小A负责外联，小B负责企划，小C小D跑后期，小E小F小G干这干那，一个小时下来，几乎人人都有了任务，就连打扫我们办公室的大妈也被赋予了每天回收有用文件的光荣任务。

大家摩拳擦掌，我手足无措。

是的，跟另外几个倒霉蛋儿一样，领导并没有给我分派任务。我们要做的，是跟往常一样，朝九晚五，奖金照样拿，只是热火朝天地工作与我们无关。

领导说：“咱们这个部门就像一个人头，我们都是脑袋上的头发，少了哪片都是谢顶，都不好看，所以大家要一起努力。”

那我呢？是一片头皮屑吗？

我跟我爸抱怨，我说：“我这么尊敬我的领导，就像学生时代尊敬老师一样，我想让他为我骄傲，他怎么就不能关注一下我的成长呢？”

我爸说：“你想成长，就吃成长快乐呀。”

领导和老师是两种完全不一样的角色。老师是爱你的，你犯了错，他要么找你谈心，指点你走出迷津；要么给你两脚，踢得你承认错误。不管用什么方式，他的出发点都是为你好，想让你进步，这种关心不掺杂任何的利益。领导就不一样了，你犯了错，耽误了工作进度，影响到他的利益，牵扯到他的业绩，难道还指望他拍着你的肩膀说下次努力？领导不是你爸妈，不是你的老师，不是你阿姨，也不是你姐。他们是也仅仅是你的上司而已。他们在乎的只是自己，你让他们好，他就觉得你好，说到底，你只是领导赚钱的工具，对工具是不需要感情的。坏了，能修最好，不能修就随手扔掉，反正替补货要多少有多少。

你想让领导看得上，就拿业绩来说话，能创造价值的人才是领导的心头肉。

所以醒醒吧，嘿，领导根本不会爱你。

同事≠朋友

是不是每个人在单位里都会遇到几个贱人同事呢？占小便宜的，爱臭显摆的，嘴贱当直爽的，阴险心机的，觉得全世界都爱她的……总之各种类型，总有一款能恶心到你。

刚踏入职场的时候，老爸就叮嘱我，千万别想着跟同事当朋友。同事就只是同事，下了班最好当彼此是陌生人。因为没有利益冲突的时候还好说，一旦涉及利益，平时关系再好的人，也会瞬间变脸，随时插你一刀。

我当时就像《天下无贼》里那个傻根儿，觉得这世界上哪有那么多坏人啊，只要你用心跟人家交往，人家怎么会感受不到你的爱呢？因此上班以后，虽然也乖乖地低调做人做事，不过跟同事之间还是有什么说什么，偶尔斗斗嘴，闲时一起吃个饭，像以前跟朋友们那样相处。

大部分人相处下来还是不错的，可总有那么一两个看我不顺眼的。

办公室里有个男同事W，刚满三十，年轻时可能挺帅，可人近“中年”，秃头大肚，还有脚臭，脚臭也就罢了，这家伙的嘴比脚还臭。不知道哪根筋不对，有段时间，W很爱找我碴儿。我早晨懒得洗头，戴帽子上班吧，他说我能装；我喷香水吧，他说我娘炮；我要是背个红色的背包，他又说我骚包。总之我干什么都是错，不去食堂吃饭是炫富，不跟大家一起出去玩是孤僻，我怀疑我要是在W面前放个小屁，他能因为污染环境跟我拼命。

一开始我还没当回事，以为他是在开玩笑，斗嘴，笑笑也就过去了。没想到时间长了，这家伙变本加厉，给我制造各种桃色绯闻。我跟女同事A出去吃个午饭，帮女同事B买点儿东西，跟女同事C在去茶水间的路上聊了几句，在W嘴里都成了在偷偷谈恋爱。弄得我连看到清洁工阿姨都要躲着走，生怕W那张臭嘴给我造谣，毁了人家清誉。

男女绯闻也就罢了，男男交往他也能说。跟我同期进单位的男同事D，就被W配给了我，工作间隙聊个天就成了打情骂俏，合作个任务又成了“夫唱夫随”。我就纳闷了，在W眼里，世界就那么充满爱吗？

除了这些绯闻，W对我的贞操也操透了心，隔三岔五就问我是不是处男，一个大老爷们儿，总盯着另一个大老爷们儿裤裆里那点儿事，我是处男你能帮我开苞？W的针对来得莫名其妙，我要是个女的，没准儿还真能幻想他是被我美色吸引了。

我问周围同事，W是不是对我有意见啊。同事们都说应该没

有些人像养不熟的狗，

你喂了多少骨头，

该咬的时候也绝不含糊。

有吧。那为什么他总针对我呢？同事说，他只是习惯性嘴贱而已。

知道 W 只是嘴贱，我就放心了，嘴贱就贱去呗，那些无伤大雅的事儿说出来，我又不会掉几块肉。世界上这么多贱人，我们又不能替天行道，只能等老天来收了。因此之后每次 W 挑衅我、调戏我，我都抱着关爱弱智儿童的心态，对他慈爱地笑笑，也就过去了。

可不久后 W 做了一件事，彻底惹怒了我。那天午休，W 忽然说让我换座位，让我坐到我的新绯闻对象旁边。对于这么无聊的提议，我当然是翻个大白眼当没听到。W 见我不理他，便游说起周围的同事，用开玩笑的语气，说要把我和那位女同事凑成一对，让大家帮忙。他做了很多纸条，让同事们来投票，同意我换座位的在票上写“滚”，不同意的则写“留”。折腾了半天，还真有那么七八个人投了票，在我面前写了“滚”，塞进 W 手里。

我震惊了，生气了，也兴奋了。这不是开玩笑的问题，这是赤裸裸的排挤！办公室暴力！以前在小说电视里看到的欺凌情节，竟然在我身上上演了。我瞬间联想到自己的未来，被人关在厕所隔间里，从头顶上浇水；抽屉里的东西被撕得破破烂烂；被人揪着头发按在马桶里；最后不堪重负跳楼自杀，变成厉鬼在办公室里复仇。

哦，这是《鬼来电》+《Office 有鬼》的情节。

总之那一瞬间我觉得非常不爽。首先，在办公室里给我制造绯闻，这种行为本身就很无聊，旁观者可能觉得很八卦很有趣，可两个当事人就会超尴尬，以后甚至没有办法正常交际。其次，即便真的是一对恋人，也不需要外人来多管闲事，帮忙换座位什么的，简直是吃饱了撑的。最后当着我的面，在纸条上写“滚”，我觉得自己的自尊心受到了伤害。

我的不高兴体现在了脸上，臭得像踩到大便一样。我对他们说，你们过分了。然后把纸条撕成了碎片。看我生气，几个投票的同事意识到玩过头了，过来跟我道歉，说自己没有恶意。有心机一点儿的立刻表示以后请吃饭赔罪。而 W 和另外一个女同事 F 则毫无悔意,W 说，谁叫他平时能装呢。F 则表示，哎呀，生气了，人家好怕怕呢。

相对于 W，其实我更生 F 的气。F 是文艺女青年，业务能力过硬，脾气却很火爆。因为都喜欢电影，平时我跟 F 还蛮聊得来的，没想到她会这样对我。我知道 F 的自尊心很强，可是，不是只有你的自尊心才值钱。做错了事，说一句对不起，其实我就会原谅，可现在这种反应，实在让人寒心。

作为一个成年人，我当然不能再对这件事做什么。只是从此认清了一些人。从那以后，我把 W 当空气，跟 F 则是能不说话就不说话。老爸说的话很对，有些人就像养不熟的狗，你给再多的骨头，该咬你的时候它也绝不含糊。

- 微博·朋友圈·朋友圈
- 拜托，可以把手机关掉吗
- 百香果和热牛奶
- 再见了，姥姥
- 毒舌女汉子与温柔少妇
- Inner Peace
- 如果我变成老头子
- 一颗蛀牙

Chapter ㊃

◇

相逢的人，总会再相逢

微博 · 朋友圈 · 朋友圈

我经常用的社交网络账号有三个。

最常用的是微博，五年前新浪微博刚开始流行时，我赶了把时髦，开通了名为GinoMo的账号。那时刚到澳洲留学，功课不多，语言不通，环境不熟，也没什么朋友，每天放了学只能宅在家里没事儿可做。最大的乐趣就是热一份微波食品或者煮一碗泡面，缓冲一集《康熙来了》或《非诚勿扰》，一边呼哧呼哧地吃，一边嘻嘻哈哈地看。

一个人，在陌生的国度里，好吃的零食没人分享，好看的风景不知道给谁看，受了委屈不敢跟家人说，生活里那些趣事只能自己夜里回想，一个人在被窝里偷着乐。

其实蛮寂寞的。

微博的出现就像打开了一扇窗，我可以看到窗外的人和风景，也可以打开窗户，把自己的生活展现给别人。还记得我的第一条微博是关于煎蛋的，那天早晨我在厨房里煎了个蛋，油还热着，不知道哪根筋不对，竟然直接倒了杯水进去。结果刺啦刺啦，白烟四起，油点飞溅，烫得我鬼哭狼嚎不说，还启动了防火报警装置，整栋公寓的警报都响了起来，邻居们四处逃窜，有的只穿着内裤跑出了家门。幸好房东披头散发地冲了出来，对大家说没事儿只是误会不要慌张，然后冲回厨房操起拖把，向上用力一戳，以自由女神的姿势关闭了警报。

这条微博发出去，最终得到了一百多条回复。我用了一天的时间，在学校的草地上，在飞驰的电车上，反反复复看了好多遍。有善意的调侃，有关于煎蛋的建议，哪怕只是一连串的“哈哈哈哈呵呵呵呵”，都让我觉得特别高兴。这些微博的评论就好像一群陌生的老朋友站在我身边，随时关注着我的生活，关心着我这个人，这让我觉得仿佛有了靠山，哪怕实际上我远离家乡，身处大洋彼岸，周围都是些卷毛金发碧眼高壮的其他人种，胳膊比我大腿还粗。

那阵子我发微博特别勤快，一天一条算少的，有时候几小时发一次。内容其实很无聊，无非是吃了什么东西、买了什么衣服、今天天气如何、我的心情怎样等等。就像写日记一般，把生活分成了一条一条，按时向大家汇报。而随着微博上关注我的人越来越多，发一条微博不再像以前那样，不用动大脑，想到什么说什么，点击发送就可以了。有的时候，关注我的人中不一定都喜欢我。有些人虽然很讨厌你，却也想随时了解你的生活，在你高兴的时候泼上一盆冷水，或是在你难过的时候扔下一块石头。我不理解这样的人心里是怎么想的，你讨厌我，无视我就是了，何苦要勉强自己关注一个讨厌的人，看着不难受吗？

因为这些成分复杂的关注者，我在微博上的发言变得小心翼翼，生怕哪天一句无心的感慨会引来恶意的攻击。可再怎么小心，总是会被挑出错来。记得有一天早晨，我发了这样一条微博：今天起床晚了，结果上课迟到，还好赶在老师点名前到了教室，万幸！

这条微博下面有不少朋友替我捏了把汗，还有的叫我早点儿睡觉，或是把闹钟时间调早一点儿。然而也有人说，出国了上课竟然迟到，真给中国人丢脸。看到这条评论，我感觉又气愤又羞愧。气愤的是我不明白为什么“上课迟到”会跟“给中国人丢脸”挂钩，羞愧的是自己确实迟到了。虽然这种恶意的评价只占了很少的一部分，可每次出现，就像大米饭里多了一只苍蝇，让人觉得硌硬。有段时间，我甚至不敢在微博上说不开心的话，生怕再被攻击。

然而随着年龄增长，见识得多了，我发现，其实讨厌我的人，不管我发什么内容，他总会找到一个角度来攻击我。我问自己，为什么要那么在意不喜欢我的人呢？为了无关紧要的人隐藏真实的自己，对喜欢我的人公平吗？现实生活中已经要戴着面具战战兢兢地生活，难道在网络世界里，还要夹着尾巴做人吗？

为什么不能快乐地玩耍呢？让那些流言蜚语见鬼去吧！

于是我决定当一个任性的普通人，发好吃的照片、好看的风景、最近的生活、偶然的感悟。街边的小花开了，星星点点的，漂亮极了；下过雨后的地面湿湿的，有种泥土的香味；我最近学会了一道新菜，味道很好，希望有机会你可以尝一尝。

这些零碎的小事，开心的，不开心的，我都想跟大家分享。哪怕偶尔会有一些阴暗的小情绪，可生活不就是这样？我想告诉大家，我在努力地生活，平凡人的身边也会有很多小幸福。

除了微博，我最常用的社交号是微信朋友圈。跟微博相比，我的朋友圈荒凉得可怕，平均几个月才发一条。我的这个微信里，大多加的是同事和工作中遇到的人，平时不会随时扯皮，彼此也不熟悉。在微博上，我可以说些开心不开心的事，嘻嘻哈哈。然而在朋友圈里，我反而没什么朋友，每发一条状态，都要考虑周全，因为一些熟悉你的福尔摩斯，会从中分析出许多信息。比如“这家餐馆真好吃”，那么从对面的人的手表或者手机壳，可以判断一起吃饭的人是否认识，单独出去是不是有暧昧关系，吃饭的时间是不是在上班期间，饭店的装修品位可以看出你的收入。

我不喜欢这种窥探，更加不喜欢别人对我的生活评头论足。就像高中时每次考试，总有那么一些人喜欢到你这里来问考了多少分。比他高，会打探学习方法，酸来酸去；比他低，又要看他强忍欣喜，假惺惺地安慰。拜托，不要总把别人当假想敌，活得自我一点儿好吗？

我不想成为别人比较的对象，因此朋友圈开了许久，状态却一直只有那么几条，而且大多是负面的发泄。在微博上我是个小甜心，在朋友圈里我却是个小贱人，尖酸刻薄，愤世嫉俗，总是

我喜欢每一个
不同的自己。

充满了抱怨，对工作不满，讨厌同事，觉得领导不公平。我想朋友圈里的这些“朋友”，一定会讨厌我这种负能量爆棚的人吧。

然而我并不在乎被谁讨厌，这些负面的情绪是工作和身边的人给我的，那么我理所当然地想把这些负能量物归原主。至于看到的人开不开心，会不会觉得我是个阴暗的讨厌鬼，那是他们自己的事情。反正抛开了心里的垃圾，我通体舒畅。

最近我在另一个微信号上，又开了一个朋友圈。这个朋友圈每天两到三条状态，内容只有一种，那就是吃。早餐吃什么，午餐吃什么，晚餐吃什么。这个微信里，大部分是我的亲朋好友，我的这些美食图，引得下面评论中骂声一片。有的说我吃独食该打，有的说正在减肥期发这个纯属欠揍。然而大家真的误会了，其实这个朋友圈，我是专门为老妈开的。

最近老妈迷上了微信朋友圈，经常在上面学习各种保健知识、心灵鸡汤。从小到大，她没怎么担心过我的学习，倒是为我的体重操碎了心。我从小就没胖过，刚出生时倒体重正常，是个重七斤八两的大胖小子，可越长大越完蛋。小时候胳膊腿儿就跟豆芽菜似的，小学语文有一篇课文叫《小萝卜头》，学完之后这个名字就放我身上了。老爸每次出差回家，看到我都要潸然泪下，说，哎呀，妈呀，这孩子咋瘦得更像猴儿了。其实也没短了我吃短了我喝，只不过我的身体里就好像有个黑洞，不管吃多少东西，都不会长肉。

现在虽然每天晚上都有半个小时到一个小时的视频时间，可老妈总是对我不放心，生怕我三餐营养跟不上。而我对老妈也很不放心，我和老爸不在家的时候，老妈总是对付。我就见过她吃饼干加咸鸭蛋当晚餐。我们都想了解彼此的生活，然而在一起的时间却少之又少，因此只能想办法，用各种方法来增加联系。电话、短信、视频、微信。现在，我把我的三餐发到朋友圈，老妈把她的三餐也发到朋友圈。虽然对不起彼此正在减肥的朋友们，但有了这个交换食谱，我和老妈都更加放心了。

除此之外，我还有博客、Facebook、Ask、Instagram 等账号，不常更新，但每一个都代表着不同的我，替我发泄不同的情绪。也许有人喜欢某一种的我，有人觉得某一种很不像我，但我喜欢每一种自己，他们都是最真实的我。因为我不是一张只有两面的白纸，作为一个百变小王子，我有很多面。

拜托，可以把手机关掉吗

晚上坐飞机是件特痛苦的事儿，窗外乌漆墨黑什么都看不见，脑海中睡意汹涌而来，却没有一张舒服的床铺可以放开手脚睡个四仰八叉。当然啦，有钱人除外。他们就像古代的贵妃，头等舱就是他们横行霸道的小宫殿，可以在小小的床铺上躺着，趴着，贵妃状斜倚着，让美丽的丫鬟，哦不，是空姐们端来各种食物、饮料、毛巾。而我呢，充其量只是个答应，经济舱是冷宫，要杯可乐都得挨白眼。

因此在晚上八点搭上去桂林的飞机时，我的心情有点儿小阴郁，而当周围的乘客陆续就座，我的忧郁变成了暴躁。如果说之前内心世界只是阴天，那么现在已经下起了倾盆暴雨，没准儿还夹杂着闪电。

看看我周围的朋友吧。左边的小哥穿着最新款的阿迪运动衫，破洞牛仔裤，长相粗犷，身材健美。但让我不明白的是，他为什么要把头发弄成 2005 年超级女声的样子呢？当然，以貌取人是不对的，五百年换来一次回眸，我们能坐在一起，那是多么大的缘分啊！我应该用最友善的态度去面对这位小哥，跟他谈谈花花草草，聊聊人生理想。

我：“你好，请问……”

小哥：“咳咳咳咳咳咳咳……”

算了，我还是别说话了。仔细一看，小哥一直在流鼻涕、打喷嚏，要命的是，他还面对着我，除了漫天飞散的病菌，我甚至看到了他的鼻涕喷薄而出的全过程。天哪，去他的以貌取人，去他的友善面对，为了不被传染病菌最后高烧死在飞机上，我用缓慢而不易察觉的速度，把头最大限度地转向了外侧。

右边的阿姨看起来倒是干干净净，耳朵上的珍珠耳环圆润可人，就像阿姨红扑扑的脸蛋儿，脖子上的镶金边翡翠是那么耀眼，衬得阿姨整个人十分富态。看我打量她，阿姨还慈祥地对我笑了笑。然后从她的LV包包里拎出一个纸袋。哦，那一定是卷毛线，阿姨肯定是要打毛衣了吧？或者是一本时尚杂志，阿姨想选购几件衣服？可是……为什么那纸袋油汪汪的？还散发着一股猪蹄子的味道？阿姨，您是怎么把这些东西塞进包里带上飞机的？还这么香，阿姨您能给我吃一口吗？

后面坐着一家四口，三个大人带着一个婴儿，一家人看起来和和睦睦，只是小婴儿心情不太好，飞机还没起飞呢，就迫不及待地哭了起来。前面的大叔可真悠闲，刚一落座就睡着了，呼噜声十分性感。前有呼噜低音炮，后有高分贝啼哭，我觉得玻璃都

我们总觉得自己不可替代，

然而缺少了谁，

这世界都不会因此改变。

振动了起来。

天哪，这简直是一次最完美的空中之旅！

“飞机即将起飞，请关闭您的手机。”这句话用中文、英文播放了两遍，环顾四周，大家却像没听到一样。有人在用手机拍照，有人在发微信，有人在刷微博，还有人在用手机拍核桃。每当空乘人员走来，低头族们就像头顶长了眼睛，瞬间就关掉屏幕，把手机装进口袋。

一直到飞机起飞，我甚至还能听到一位阿姨在打电话：“家里还有白菜吗？没有白菜你就炖土豆吧，玉米都放好几天了，你快别吃了，要不你切点儿胡萝卜吧。”

阿姨，请您让她（他）点外卖好吗？

如果我不是个龟毛的男孩儿，或许可以戴上口罩、眼罩、耳机，自闭五感，一觉睡到目的地。可偏偏我是处女座，而且是个极度怕死的处女座。我只要一闭上眼睛，脑海中就不停上演各种灾难片的场景：信号被干扰，飞机不能正常降落，在空中徘徊数小时后燃油耗尽，只能迫降。坠落之前，用过手机的人们互相指责，为了抢食物和救生设备，有人黑化，有人白莲，最后演变成密室逃杀……然后飞机降落到一个神秘岛屿，幸存者们纷纷变异，有了特异功能，跟岛上的怪兽展开殊死搏斗，最后正义战胜邪恶，男主牵手女主，过上幸福快乐的生活。

然而这一切都跟我没关系，因为我在坠落之前就被吓死了，一百集的电视剧，第一集我就得领便当。

抛开不切实际的妄想，我觉得能关掉手机是非常幸福的。平时因为工作需要，我的手机几乎二十四小时开机，哪怕是夜晚，哪怕是周末，哪怕电闪雷鸣可能会被劈死，也得保持手机畅通。我们也曾抗议，什么自己的私人空间啊、每天开机辐射大生孩子会畸形啊、公司不给报电费凭什么让我们浪费电啊之类的，领导和蔼地听完了所有抱怨，笑眯眯地回了一句："要么干，要么滚。"

我们赶紧滚……去工作了。

我曾经关过一次手机，虽然并不是成心的。那天是个周六，我在书房狂玩游戏，结果手机忘记充电，放在客厅自动关机。我注意到的时候已经是第二天早晨，那一瞬间，我觉得自己快要窒息了，颤抖着连上电源，开机后，短信足足叮叮当当了几十下，基本都来自同事和领导。我用了一个上午才回复完毕，给领导回电话，不出意外地被臭训了半个多小时。

从那以后，我再也不敢关机了。

而在飞机上，是难得可以光明正大关机的时段。云层之上没有信号，烦恼达不到这么高，关掉手机，那些烦心事和讨厌的人就被关在了世界之外。这么悠闲的时光，难道不应该争分夺秒地享受吗？就不能把烦心事暂时抛在地面吗？

在洱海时，晚饭过后，我们经常会披着外套到院子里仰望星空。天空清澈，星星近在眼前，仿佛伸手就可以抓住一把，眼前一片璀璨，耳边是风声和水声，我们谁都不想说话，只享受这片刻宁静。可不管在什么场合，总有一些不解风情的人。这天，在我身旁的躺椅上，不知何时来了个中年男子。从手腕上的名表可以看出，这是位精英人士。精英先生五官端正，身材标致，嗓音低沉，可说起话来却让人扫兴得很。

我并不喜欢偷听别人讲话，可精英先生打电话声音太大，院子里的人，只要不是聋子，都能听得一清二楚。期货、买卖、收益，如果是在电视或小说里，我或许会对这种精英人士有所倾慕，觉得他懂好多。可此时，在这样一个慵懒的夜晚，万里无云，繁星满天，有这么一个喋喋不休的家伙，实在惹人烦。

当然星空是自由的，院子是大家的，我们有静默的权利，人家也有打电话的自由。只不过工作谁都有，大家都很忙，差别只在赚钱多少。我觉得，既然已经出来旅行，就应该关掉手机，暂时让工作见鬼去。最重要的事儿是专心欣赏眼前的风景，照顾陪伴在身边的人，留下美好的回忆。如果出来玩，又要三心二意地安排工作，那不如别出来。

当然，这种懒散的想法，只适合没什么进取心的我们，也许时刻绷紧的神经和永不关机的手机正是精英人士成功的原因吧。

只不过，此刻在飞机上，在经济舱里，管你是精英还是草根，哪怕你有一秒钟收入千万的生意，哪怕你一挥手王氏就要破产了，为了大家的安全，也得关掉手机吧？

百香果和热牛奶

我吃东西总是没节制，发现好吃的饭店、合心意的菜式，恨不得一天三顿都吃，直到吃腻为止。吃水果也是，如果我喜欢吃橘子，那么我会买个十斤八斤，一次性吃完。这种吃法没少让我拉肚子，可就是改不掉。而在阳朔，因为连吃十几个百香果，当天晚上，我的胃遭到了报应。

晚饭时只是试探性的刺痛，散步时成了针扎般的抽痛，回到房间后就是被一百头驴踢过一样的剧痛。那天是万圣节，本来我们的夜间活动是在酒吧喝到微醺，跟各类妖魔鬼怪挤在一起摇头晃脑，在台上大跳棍子舞，天亮时再回来睡觉。而这一切美好又疯狂的计划，都被该死的胃痛生生破坏了。于是在一片灯红酒绿纸醉金迷中，我们只好回旅馆钻被窝休息。

这能怪谁呢？怪亲爱的百香果吗？

我是百香果的脑残粉，对于这种来自热带的小水果，我有一种发自内心的、说不出原因的狂热的爱。就像小熊喜欢蜂蜜，小

狗迷恋骨头，猫咪眼馋鱼儿，我，就是爱百香果嘛。爱它的酸甜，爱它的清香，爱它让我拉屉屉拉得顺畅。作为一个来自北方的汉子，百香果在家乡十分少见。第一次知道这玩意儿，是小学的时候。当时因为老爸工作调动，我们一家人搬到广东。有一天晚上，老爸拎回一袋黑乎乎圆溜溜的水果，摸起来硬硬的，看着并不好吃，很像游戏里的霹雳丸，丢出去就会爆炸。老爸切开一个，里面是又黄又黑的果粒，因为闻起来很香，天真的我用勺子挖了一大口，结果酸到差点儿当场失禁，说什么也不敢再吃了。

再次吃百香果是在泰国。我的朋友福茄，一位重庆姑娘，是我和百香果爱情的媒婆，是她唤起了我对百香果的热爱。当时我们刚到曼谷，夜晚十二点多，福茄拉着我大街小巷地搜罗两样东西，一是现做的香蕉飞饼，另外一个就是百香果。在一家二十四小时营业的 7-11 门口，我们吃到了菲律宾人做的香蕉飞饼，奶油加糖，甜到忧伤。然后在超市旁边的小摊上，找到了新鲜的百香果。福茄欣喜若狂，一口气买了二十多个。

我看着牙都酸了，问她，百香果有那么好吃吗？她说，有啊，超级通便的。我说，我大便很顺怎么办？她说，那它美白啊。

这倒戳中了我的痛处。出门玩这几天，我足足黑了一层。都说一白遮百丑，我一黑就像猴儿，为了防止回家以后我妈拿根绳牵着我出去遛，我决定勉为其难地吃点儿，没想到时隔多年，再次吃到百香果，我竟然从此爱上了它。虽然有点儿酸，但是味道非常香，而且不腻。而且吃百香果也有讲究，直接吃的确很酸，如果先挖出来放到杯子里，再挤上几勺蜂蜜，让甜味中和酸味，再倒入凉开水，那味道就好多了。既健康，又补充维生素。习惯了这种吃法，每到放假的时候，我一天可以吃掉五六个百香果。

而到了阳朔，在大街上看到有大叔挑着两筐新鲜的百香果在叫卖时，我立刻欣喜若狂地买了一堆，大吃十个，然后就被放倒了。

年轻的时候，总以为自己百毒不侵，酸甜苦辣什么都敢尝试，吃起来没有节制。现在，已经过了可以挥霍的年纪，却总是意识不到这一点，而被折磨了许久的肠胃也开始报复，经常让我死去活来。一个人在异地工作，没有父母照顾，只能自己心疼自己。胃疼时，倒杯热水，吞几片药，早早钻进被窝，睡着了也就过去了。

记忆里，也曾有一个人，在我难受的时候，递上一杯热水喂我吃药，摸摸我的头，轻声安慰。可惜，不管是那时的疼痛也好，那个人的样子也好，都随着时间流逝渐渐模糊了。

而在这个夜晚，附近没有药店，疼痛也不是不可忍耐，我决定故技重施，用睡眠大法止痛。朦胧中只听到朋友说出去一趟，随后便失去了知觉，再次醒来，是被开门声音吵醒的，朋友带回一杯热牛奶放在床头，一边鄙视我贪嘴的行为，一边催促我赶紧起床喝点再睡。

作为一个口是心非的小妖精，我自然是说着“我更喜欢喝加糖的牛奶，这杯都淡出鸟来了”，一边把牛奶喝光。也许是牛奶起了作用，也许是心理有了安慰，牛奶下肚的瞬间，胃暖了，心里也暖了。

你看，即使没有药，一杯热牛奶也可以治愈疼痛。

我想，百香果就像爱情，闻起来香，吃起来酸，加点儿小调料就会甜甜的，让人变得又白又美。可这种好东西不能多吃，吃多了就会胃痛，让人死去活来。

而牛奶则是友情，不像百香果那么香，却能提供必备的营养。

热一热，放点儿糖，暖和又滋养。最重要的是，它一点儿都不少见，总是在需要的时候，陪在你身边。

握着还暖和的牛奶杯，我看了看袋子里还剩下的百香果，默默决定，这种东西，以后还是不要吃太多了。

再见了，姥姥

11 月 24 日晚上，在医院治疗十几天后，姥姥去世了。

这十多天里，怕我知道了情绪崩溃影响身体，家里人一直瞒着我。昨晚刷牙的时候，妈妈对我说：“宝贝，告诉你一件事，你千万别多想。你姥姥走了。”

那一瞬间，我连哭都忘了，满嘴牙膏，像傻子一样愣在原地。

我是姥姥带大的。姥姥是盲人，年轻的时候家里穷，眼睛出了问题不能去更好的医院治疗，就看不见了。几个子女她都没看全，更不要说我们这些小辈了，她经常摸着我的脸，想象我长成什么样子，然后欣慰地说，我大外孙一定长得很帅。

以前爸妈工作忙，我没上学的时候，白天就把我送到姥姥家。小时候我又皮又野，身体又不太好，总让姥姥操心。怕我走远，她隔一会儿就摸到院门口喊我的名字。我记得有一次我跟表妹没告诉家里人，偷偷跑到了很远的地方，姥姥发现我们不见了，给我们的父母打了电话，最后被找回来时，怕我们挨揍，还把我们护在怀里。在姥姥家，我再怎么淘气，从小到大，一次打都没有挨过。

小学一年级的时候，爸妈工作调动去了外地，我要上学没办法跟着走，家里就只剩下了我和姥姥。早晨我扶着姥姥一路走到学校，我上课的时候，她就在学校对面的小卖部里等着，晚上放学再一起回家。姥姥虽然看不见，但是什么活儿都会干，就连穿针引线都难不倒她。我冬天穿的棉袄、棉裤，平时盖的被子，都是她亲手缝的。那时候家里困难，没什么好吃的，我馋了想吃零食，姥姥就从自己缝在内衣的小口袋里，掏出几张零钱让我去买，或者用白糖包饺子，或者用醋兑饮料给我喝。

上高中以后，因为住校，去看姥姥的次数越来越少，上了大学更是一个月见不到一次，后来我出国、回国再到外地工作，就变成了一年一次。每次回家看姥姥，她都要摸摸我的头，摸摸我的手，看我长肉了没有。我妈总抱怨我太瘦了，姥姥总替我辩护，说这孩子瘦是瘦，骨头还是很结实的，她听不得别人说我一句不好。我去看她，她总是很高兴，我给她买的东西，不管是什么，她都特别宝贝地放起来，不让别人碰。

今年上半年，姥姥因为脑萎缩瘫痪了，我请假回家看她。以前去姥姥家，听到我的脚步声，她就知道我来了，早早就摸到门口给我开门，这次她没有，因为她躺在床上，左半边身子已经不能动了。听到我的声音，姥姥说："大外孙来看我了，你看姥姥变成这样了。"然后像个孩子一样委屈地哭了。我给姥姥买了很多海参，还买了几个大核桃，我以为，只要好好照顾，好好康健，姥姥的情况会更好一些。没想到的是，这是我最后一次见到她。

我还以为，下次回来，姥姥还会在那里等着我，我还可以握着她的手，陪着她，听她说我以前多么淘气。但是我错了，这辈子我再也见不到姥姥了，那个能听出我脚步声、摸黑过来给我开门的人，那个平时省吃俭用却总说要给我买好吃的的人，那个我抱抱她她都会开心地说“姥姥病了，我大外孙都不嫌弃我脏”的人，那个疼我爱我把我带大的人，已经不在了。我还没来得及跟她说说我最近的工作、我喜欢的人长什么样，我还没让她尝尝我做的饭，带她看看我的家，我甚至连她的葬礼都赶不上。

我不能埋怨爸爸妈妈对我的隐瞒，在视频里，看着他们红着眼睛准备丧事，我知道他们比我更难受。我只能怪我自己，为什么没察觉出这段时间他们的不对劲，为什么不能多抽出点儿时间去看看姥姥。就在前段时间，我甚至还进行了一次十几天的旅行，如果这十几天我都用来陪姥姥，现在是不是就不会这么后悔了？

从得知消息到现在，我没有办法睡觉，我也不想吃饭，我不知道该做点儿什么。这个时候，姥姥的葬礼已经结束了，可没有航班，我却不能参加。我洗了所有的衣服，把家里每一个角落都打扫干净了，我做了很多事情，但我还是没有办法不去后悔、不去难受。就像我写了这么多凌乱的文字，也发泄不完心里的情绪。

我知道，我再难过，那个爱我的人也不会回来了。

毒舌女汉子与温柔少妇

我身边有不少人以自己毒舌为荣，其中有男有女，男的一般是娘炮，骂起人来有如悍妇，动起手来像小媳妇；女的则走女汉子路线，通常走路快如闪电，吃饭狼吞虎咽，单位骂跑同事，回家打哭老公，据说还能单手拎大桶水，就差长胸毛了。

同事C就是这样一位毒舌女汉子。C人不错，性格豪爽，办事利落，还做得一手好菜。这么好的一个小姑娘，就是嘴太毒。C自认为不带任何恶意的毒舌攻击，对人造成的伤害却是百分之二百。而且攻击对象不分性别年龄地域，任何时间，任何地点，只要你不幸进入了攻击范围，不小心说了句有槽点的话，那么绝对会遭到惨绝人寰的语言攻击。

有一次，同事D发了条朋友圈，大意是怀念上学时的青葱岁月，声情并茂地回忆了跟同寝兄弟之间的故事，以及那位喜欢却不敢追的梦中女孩，最后长叹一声，感慨青春已逝。虽然一个快三十的大老爷们儿，发这种东西有点儿矫情，可真情实感确实勾

爱人是最厉害的驯兽师。

起了大家的回忆，于是我们纷纷点赞留言，一时间这条朋友圈下热闹非凡。在种种温暖的小清新的句子中，C的留言显得格格不入：说得好像您曾经有过青春和曾经似的。D不爽了，回了她一句：我没有曾经，可以有以后啊。于是C又补了一刀：您这长相，以后估计也没有了。

我也被C毒舌过，同事们聚在一起时，总喜欢显摆些东西，有人晒新买的衣服首饰，有人晒白胖的儿子闺女，我晒貂。我的两只貂又高贵又萌萌哒，世界上除了我还有比它们更可爱的生物吗？因此每次一拿出两只小貂的照片，大家都会靠过来看，说好萌好可爱好想摸，甭管是真心还是假意，反正人家意思到了，我不也在人家朋友圈晒孩子的时候，假了吧唧地点赞或留言说小天使好可爱吗？即使那孩子像只没长开的猴儿。

C可不管这些弯弯道道，你要是让她看到那些孩子的照片，她绝对敢直接跟家长说你怎么养猴儿啦。对孩子都这样，我的貂被吐槽得更惨。C说，你这不就是两只耗子吗？瘦不拉叽的，有什么好看的？我亲爹心态发作，不乐意了。我说，嘿，你怎么说话呢，不愿意看你别看啊，我要当面说你孩子丑，你什么心情啊？结果人家C轻飘飘一句：您别拿畜生跟我孩子比。气得我中午吃了三碗饭。你说这要是个老爷们儿，我非得一拳糊上去不可，可偏偏是个年轻姑娘。而且看体格就算动手，被打死的也是我。

我一直觉得毒舌分为两种，长得好看的人毒舌（比如我），那叫吐槽。长得丑的人毒舌，那就叫嘴贱了。吴彦祖裸着上身对你说“走开啊，你胖到我了啦”和方舟子裸着上身对你说“死胖子”的感觉能一样吗？而且毒舌这种属性在二次元里叫傲娇，回到三次元世界，那可是一点儿都不萌萌哒。吐槽别人的时候，你可能觉得自己是个毒舌小宝贝，但其实在别人眼里，你只是个没有教养的小贱人罢了。

因为被毒舌了，有段时间我对C怀恨在心，总想暗地里伸腿绊她一下，或是挖点儿鼻屎扔她茶杯里。可接触时间长了，发现除了嘴巴坏点儿，C为人还是不错的，工作上能互相帮一把，也不爱跟领导打小报告，平时有了摩擦也不记仇，两相抵过，还是可以一起快乐玩耍的。

让我觉得诧异的，是C在家庭里的样子。按理说，她那个横行霸道的样子，每天不把老公打哭三遍简直天理不容。可慢慢地我发现，C简直是精神分裂患者，在单位是毒舌女汉子，回到家就成了温柔少妇。蜜月回来之后，C的朋友圈里每天都是她自己做的菜，味道怎么样不知道，样子倒是美观，而且中西结合，从接地气的腌咸菜到小清新的奶油蛋糕，每天不重样。这也罢了，有一天我们在商场逛街遇到C和她的老公，C小鸟依人地挽着男人的手臂，嘟起嘴巴轻声细语地撒娇，顿时让我们这些人风中凌乱。

后来我问她：“你们家谁说了算？”C说：“我老公啊。”我：“你这么强势怎么可能听你老公的。”C说：“你滚蛋吧，老娘在家里绝对贤淑良德，老公说一我不说二，老公生气我嘤嘤。哎，你废话完了没有，我还得赶紧买菜回家做饭呢。”

C的两面派让我想起了我老妈。我妈也是个两面派，只不过跟C刚好反过来。她是在外面温柔窝里横。跟我爸结婚这么多年，我妈从来没在外面红过脸。我爸是暴脾气，发起火来十头牛都拉不住，失去理智时说话比较难听，可不管谁对谁错，每次我爸发火，我妈从来都不说什么，温温柔柔地应对过去。回到家，房门一关，瞬间笑脸变夜叉，说，你个老王八在外面挺威风啊，赶紧做饭去，一会儿跟你算账，不说明白你晚上在阳台蹲着吧。我爸也瞬间㞞了，一句话不说就干活去了。

我说，妈，你真能装样子。我妈说，你懂什么，有句话叫当面教子背后相夫，男人都要面子，你在外人面前给他难堪干什么？我说，那你不是在外面丢脸啦。我妈说，回家以后还不是我说了算，再说工资卡我拿着，家里实权我掌着，在外面丢点儿脸怕啥呢？而且我给你爸面子，他气消了对我还不是又愧疚又感激？哎，老东西，你偷听什么呢？赶紧炒菜去！

Inner Peace

在动画片《功夫熊猫 2》里，我学会了一个短语，叫 Inner Peace。整部片子，胖胖的阿宝一直在尝试寻找 Inner Peace，最后才发现，原来这东西一直在自己心里。它靠领悟到的 Inner Peace 练成了超炫酷的功夫，不仅能以数百斤的体重站在水面上，还可以打飞射过来的炮弹，把长胡子的孔雀揍得亲妈都不认识了 。

看电影的时候，我只顾着心疼孔雀。到了龙胜梯田，Inner Peace 才忽然出现在我心里。当然我并不是指自己领悟了什么盖世神功，我连一条野狗都打不过，还被两只大鹅鸽得痛哭流涕。我说的 Inner Peace，是发自内心的平静，而这种平静，我想，跟城市无关。

十月末是龙胜的旅游淡季，景区仿佛被我们承包了，放眼望去根本没有游客的影子。我喜欢在清晨泡杯热茶，倚在木窗边看风景。这个季节，稻田已经收割完毕，本应该是萧瑟的山景，托某位巨星将在这里拍电影的福，稻田里又重新被灌满了水。日光

思考的事情太多，

空白便成了件奢侈的事。

照射，“九龙五虎”和“七星伴月”闪烁银光，仿佛银河投映在地上。我们停留的两天中，这里一直阴雨蒙蒙，雨水就像画笔，绘出温柔的水墨画。虽然见不到太阳，却让人觉得理所当然，仿佛这里的景色就该如此。雨滴滑落屋檐，打在青石板上，发出滴答的声音。在城市里，即便是早晨，即便下着雨，即便用心倾听，也很难察觉到安静的雨声。下雨天，入耳更多的是汽车鸣笛、早市的呐喊和城市的浮躁。人们没有多余的心思去欣赏雨景，雨天代表的只是出门不方便，交通更拥堵，和被泥水弄湿的裤子。而在这里，除了雨声，村庄里一片宁静，隐约有鸡鸣犬吠，也很快被雨水冲去。渐渐地，附近人家的烟囱开始升起炊烟，像接力赛般，一户接着一户。崎岖的山路上，逐渐有三三两两的壮族妇女打起竹伞，背着竹篓，后面跟着条小黄狗，慢慢上山务农。这样的场景像幅山水画，如果没人打扰，仿佛可以欣赏到天荒地老，让思绪随处去飞，从人生到理想，从过去到未来，爱与恨，感或伤，最后一切归于虚无，只专注于眼前。

吃过午饭，阵雨微停，我们拿起雨伞上山散步。走在梯田中间的山路上，很久才会遇到几名游人。两个景点之间，步行需要近两个小时，一路下来，却并不觉得劳累。因为眼里随处是风景，耳边有山泉水声和鸟鸣，新鲜的空气扑面而来，连脚步都轻快了。我们就这样一直往前走，遇到分岔路，随心意选择，不怕迷路，也不赶时间。后方逐渐模糊不清，前面有什么也不在乎了。沿路没有商家，偶尔经过独自矗立在山里的民居，壮族大姐蹲在门口，在地上生火，用铜锅煮饭。条件简陋，腊肉和米饭香味却飘出很远，哪怕已经吃过饭，还是会饥肠辘辘。我们想在这里用餐，大姐却坚决不肯收钱，厚脸皮如我也不好意思白吃人家的午饭，只好流着口水离开。

蒙蒙细雨时下时停，山顶的凉亭里，好心大姐为我们泡了两杯红茶。捧着茶杯，感受手心的温暖，周围湿漉漉的，可以闻到泥土的芬芳。远处群山云雾笼罩，整片梯田烟雨朦胧，这个时候，语言是多余的，所有声音都被留在山下，那些困扰多时的烦心事，无法忘怀的她和他，也已经不重要了。

这一刻，我觉得自己找到了Inner Peace。短暂，却又让人无法忘记。

如果我变成老头子

（1）

我们小区里老人特别多，基本都是儿女给父母买了房子，在这里养老。我家楼下就住了一对儿老夫妻，头发花白，皮肤黝黑，整天神采奕奕的，看起来身体就很棒。两位老人每天最爱的，除了照顾他们时不时就哭一嗓子的小孙女，就是鼓捣他们的园子了。小小的园子里，种了十几种蔬菜水果。夏天的时候，枝繁叶茂的，看着很是舒服。两位老人家每天一大早就到院子里，松松土，浇浇水，施施肥，不管阴天下雨，还是艳阳高照，一天不落。我上班出门前，如果不知道今天天气冷热，拉开客厅窗帘，看楼下的大爷穿什么干活就可以了。大爷要是光膀子，我就穿短袖；大爷要是穿长袖，我就带外套；大爷要是穿上马甲了，那我就赶紧套上羽绒服。不过这招“看大爷学穿衣”也并不总是准确，人家显然比我扛冻，有好几次明明他光着膀子干活，我穿短袖出门，结果我差点儿被冻死。

两位老人每天的辛苦劳作是有回报的，园子里的作物比旁边两家长得都好。大白菜翠绿翠绿，看着就好吃；茄子又肥又大，太阳一照都反光；葡萄藤枝肥叶绿，把整个架子都覆盖住，形成了天然的凉棚。当然老人种这些也不光为自己吃，丰收了，就左邻右舍地送，送果子、送蔬菜，有时还送种子，要种大家一起种。被他们带动的，两边本来荒芜的小园子也种起了蔬菜，跟比赛似的。老两口有时候浇完自己家的院子，还帮隔壁邻居浇水。一时间我们这一单元楼下成了农田，放眼望去一片绿。虽然这些繁茂的作物为我家引来了许多不知名的昆虫，吓得我鬼哭狼嚎，可打开窗子，能呼吸到新鲜的空气，在这城市里有这么一片小小绿意，也是件不错的事。

闲下来的时候，两位老人会泡壶浓茶，找几个朋友，随便在

园子里撸几个西红柿，或摘几根黄瓜，吃吃聊聊，要么躺在长满蔓藤枝叶的架子下，吹吹小风，听着收音机，缓缓睡去。有一次在阳台上偷听老人跟儿子聊天，土豪儿子的意思是，种东西适当就好，别累到身体，实在不行雇人来弄。老人不愿意，说我的园子干吗找外人来弄，种这些也不是为了吃、为了卖钱，就是个玩嘛，我和你妈累了一辈子，还不能有点儿爱好啦？

是啊，活了一辈子，老了当然有权利选择自己的方式来生活。

（2）

我们在广西的时候，也遇到过一位很有态度的老人。那是在桂林龙胜的梯田，距离桂林市区一个小时的车程。因为我的雨神体质，到达时天空果不其然下着小雨。我们订的客栈位于景区内部的山顶，车开不进去，只能徒步爬山。连绵的石板路非常湿滑，头顶的山被烟雾笼罩，仿佛没有尽头，我和朋友背着两个装满了衣服和日用品的背包，手足无措。

景区门口有许多背竹篓的壮族妇女，起初我们以为只是附近做农活的居民在此休息，后来才知道，这些都是挑工，可以帮游客背行李。正说着话，其中一个阿婆走了过来，在我们身边徘徊了一会儿，操着不流利的普通话问需不需要帮忙背包。

阿婆是挑工中年纪最大的一位，即使包着头巾，也能看到她花白的头发。从脸上的皱纹和略微佝偻的身材判断，阿婆至少已经六十了。让这样一位老人帮我们背行李，简直是虐待。见我们犹豫，阿婆忙说自己没问题，而且价钱不贵，一趟只要二十块。在她的坚持下，我们把包装进了她的竹篓，上山前一再叮嘱，如果她觉得累了，千万要告诉我们，我们不赶时间，可以随时停下来休息。

然而想象中阿婆半路扭腰，我们背着阿婆满寨子找医生，最后被医生闺女看中，从此留下做压寨女婿的戏码并没发生。真正出发后，看着前方背着行李、健步如飞、始终跟我们保持一百米距离的阿婆，我们气喘吁吁地发现，真正需要随时停下来休息的，是我们这两朵娇花。通往山顶的路有时十分狭窄，青石板路又陡又滑，我每走一步都小心翼翼，跟钢铁处女似的夹紧双腿，生怕脚底打滑，摔下山去。然而阿婆穿着一双碎花黑布鞋，仿佛走在平地上，还时不时停下来，回头等等我们。

闲聊中得知，阿婆姓廖，儿子儿媳都外出打工去了，只剩老两口在家。老伴儿平时干农活，她就出来帮人背行李赚钱。阿婆说，现在除了开客栈，寨子里的年轻人大多出去谋生了，剩下的基本是老人和孩子。早些年日子很辛苦，幸亏现在寨子发展旅游业，生活比起以前好了很多。

我们问廖阿婆，这么大年纪了，干这种粗活身体受得了吗？阿婆笑了，嘴里少了好几颗牙。她说，平时干农活，上山下山时背篓里的农具、作物比现在重多了，我们这点儿东西只是小意思，就当锻炼身体了。而且这条山路，自己从小走到大，闭着眼睛都能到地方。

等年纪再大点儿，我就让儿子把娃儿送回来，我和老头儿在家看孙子。廖阿婆说。

一路上，我们看到了许多这样的老人，有的比廖阿婆年纪更大，已经无法劳作了。她们拿着小竹椅，静静地坐在门口，有的手里编着竹筐，有的在洗衣服，有的干脆什么都不做，只是瘪着嘴，默默看来往的人群。寨子里的小孩儿经过，老人就对他们笑笑，缓缓招手，摸摸脑袋，给孩子塞点儿糖果花生，老脸笑成一朵菊花。到了吃饭或休息的时间，就慢慢起身，拿着小椅子进屋了。

我老了也想到这里来，朋友说。

到达山顶后，廖阿婆不急着要钱，在客栈的大厅里随便找了个位置坐下，让我们先安顿下来。我们给了她五十块钱，廖阿婆觉得很不好意思，一再推辞，在我们的坚持下才收了，并且跟我们约定，下山的时候，她一定再过来帮忙。

最开始看到廖阿婆，我会为她这么大年纪还在操劳感到心酸、同情，甚至在心里瞧不起她的子女：怎么能让自己的母亲过这样的生活呢？可现在，我觉得自己的同情很自以为是，这些我觉得心酸的东西只是她生活的一部分，而对于这一部分的生活，她没有觉得心酸。

就像上山的路，我们觉得湿滑难走；对她来说，却只是每天回家必经的一条普通的路罢了。

（3）

我的奶奶是个特别酷的老太太。老人八十多了，身体特别硬朗，头发虽然花白却总是打理得一丝不苟，眼不花，耳不聋，说话铿锵有力，思路清晰，搞辩论的话能说哭你。奶奶特别爱美，金银首饰就不说了，自己常去逛街买衣服，衣柜里的衣服比小姑娘还多。每次去看她，要是带件衣服，奶奶肯定笑得金牙都露出来了。

别看奶奶年纪大，在吃上面倒是一点儿不忌口，爱吃咸菜、水果，喝浓茶，还抽烟喝酒。烟爱抽自己卷的，饭后拿出个小木盒，里面有卷烟纸，有烟草叶，还有一盒火柴。就着浓茶，慢慢卷那么一小根，然后点火，眯着眼睛边跟叔伯大爷们聊天边抽。酒倒不常喝，逢年过节，或者全家一起出去吃饭，老人心情好，才会来那么一杯，至于是红酒啤酒白酒还是洋酒，奶奶表示都没问题。喝酒嘛，主要喝的是心情。

这么一个烟酒不忌的老太太，身子骨却好得没话说，这么多年来很少有病痛。这也跟她自己比较重视有关，觉得不舒服了，二话不说赶紧放下手头所有事儿，到医院看病去。遵照医嘱，按时吃药，按时休息。平时生活也非常规律，每天早晨固定时间起床，洗漱完毕浇花，吃早饭，吃完饭一定要到附近散半个小时步，中午回家午睡，下午喝喝茶吃吃水果，晚饭后再散步，然后早睡。

奶奶年轻时在国营饭店当厨师，那个年代后厨一般是男人掌勺，女的通常当服务员或者清洁工，但奶奶不干。她觉得我炒菜比你好吃，我干活比你利索，我长得也比你好看，凭啥你个样样不如我的能当大厨啊。于是奶奶就去找领导申请，领导为难了，这不符合规定啊，再说哪有女的当厨师。奶奶就说，你让我试着干一个月，觉得我干得好就留着我，干得不好就把我撤了，我也没怨言。但你要不让我试，那这事儿可没完。领导想了想，同意了。一个月后，奶奶留了下来，成了我们那儿附近唯一的女厨师。

因为工作，奶奶有一手好厨艺，炒菜好吃就不用说了，最让人叫绝的是各种腌菜小吃。以前住平房，奶奶家的院子里养了好多鸭子，又肥又大，还凶得很，我每次去，总被它们鸽得嗷嗷哭，恨得我咬牙切齿，真想把它们炖了吃肉。不过我的这个愿望始终没有实现，奶奶养这些鸭子不为吃肉，而是为了鸭蛋。别看鸭子凶，下蛋却很厉害，每天几个十几个地攒着，到了一定数量，拿出来洗干净。院子角落有口大缸，奶奶在里面注满盐水，放些她自己秘制的调料，把鸭蛋全丢进去，封口，过上一段时间再拿出来，切成两半。好家伙，个个都冒油。就着白饭、面条，哪怕桌上还有大鱼大肉，都不如这半个鸭蛋香。不只鸭蛋，奶奶腌制其他咸菜也是一把好手，什么酸豆角、蒜茄子、腌萝卜，好像每一种不起眼的小菜经过奶奶的调理，都会变成一道美味。正是因为咸菜吃多了，我们家的人口味都特重，现在出去吃饭，总要叮嘱人家多放盐。

我妈经常说我爸脾气暴躁，肯定是因为盐吃多了。我觉得有一定道理，不过老爸脾气暴躁的主要原因，还是来自奶奶的遗传。奶奶就是个暴脾气，年轻时就泼辣，老了战斗力更强。我说的战斗力可不是在公交车上抢座、在菜市场抢菜、假装摔倒碰瓷年轻人之类的。有段时间，家里车库门口经常被人停了车，每天下午堵在门口，第二天中午才走，搞得我们自己家的车进出非常不方便。一开始，家里人在车上留了张纸条，希望车主往旁边挪挪，可每天都能看到纸条被丢到地上，车还是停在原地。有一天驾驶员下车，正好被散步的奶奶碰到了。一开始奶奶还对他讲道理，结果这小伙子跟没听到似的，转身就走，这下可把奶奶惹火了，二话不说，搬起旁边一辆自行车丢到车上，把车前盖砸出了一个凹洞。这一下子，不只驾驶员吓得眼珠子都快掉出来了，邻居们也都跑了出来。奶奶对那驾驶员说，我就住这个小区，你跟人打听一下就知道我住哪户，想让我赔车可以来找我。但是你再停在这里试试，你停一次我砸一次，我看咱俩谁麻烦。

那人硬是一句话没敢回，灰溜溜走了，后来他既没到我家要求赔车，也再没停在我们的车库前。

奶奶除了脾气暴，性子也有点儿冷。除了爷爷，她似乎并没有特别爱过谁。几个子女，哪个都特别孝顺，可就不见她跟谁很亲密。不是说不在乎，该照顾的还是照顾，不缺吃，不少穿，可就是做不到像寻常母亲那般嘘寒问暖。爸爸伯伯姑姑的生日，奶奶一个都说不上。对我们这些小辈，从小到大更是一个都没抱过。顶多让家长抱过来给她看看、逗逗。

可对爷爷，奶奶就完全是另一种态度了。爷爷身体不好，在我的印象里，小时候每次去奶奶家，爷爷要么在炕上躺着，要么在椅子上坐着读书看报。家里的大小活计全是奶奶一个人张罗。即便忙得团团转，爷爷想喝水，或者想吃水果了，只要说一声，奶奶立刻就端来了。可要是爷爷想抽烟或喝酒，奶奶可就不让了："你身体那么差，还敢碰这些？什么？我怎么可以抽烟？我身体壮啊，有本事你也像我这么壮啊！"被说了一顿，爷爷也不生气，笑笑就过去了。

我不知道身为律师的爷爷，是怎么跟当厨师的奶奶认识并结婚的，他们从来没给我讲过彼此的故事。我也无法说出奶奶多爱爷爷，爷爷多在乎奶奶，因为感情这种东西，从来就不是可以定量的。我只隐约记得，爷爷出殡的那天早晨，爸爸和伯伯们先出去了，我和奶奶在屋里，奶奶坐在爷爷常坐的炕上，看着隐约变亮的窗外，面无表情地说了一句："这老东西，就这么走了。"

而在之后的葬礼上，奶奶一滴眼泪都没掉。

（4）

我老了，会是什么样子呢？

肯定要穿得整整齐齐的，有奇怪图案的T恤、破洞牛仔裤、大红花衬衫之类的肯定不能穿了，不然人家会觉得你是个变态老头儿。穿老头衫大裤衩吧，又觉得不甘心，好歹年轻时也是个

Fashion Boy 啊！我仔细衡量，最终还是决定，老了以后每天穿格子衬衫黑西裤，扣子要扣到最上面，衬衫裤子毫无褶皱，皮鞋一定锃亮。如果那时我的头发还没掉光，要梳得整整齐齐，如果成了地中海，我就剃个光头，戴着小礼帽。我要戴一副黑框的老花镜，背一个单肩包，里面有钱包、证件、太阳镜、雨伞和家里的钥匙，还要放一张写着我姓名地址的卡片，如果迷路了，可以让好心人帮我回家。我手里要拄着一根做工精细的拐棍，一定要合手，而且重量要足。哪个臭小子不懂得尊老，老头子我要用拐杖打得他哭爹喊娘。

我的脾气一定很坏，整天臭着脸，不讨人喜欢。我不去跳广场舞，也不打牌搓麻将，更别想我帮儿女看孩子：天哪，你们这些不孝子女，你爸我忙碌了一辈子，含辛茹苦把你们养大，好不容易能闲下来上上网打打游戏，你们现在竟然还要压榨我，让我受小魔头的折磨？

我会每天看新闻、读报纸，买喜欢的书，只不过那些青春小说，我可能看不懂了。如果没拆迁，我要把现在的房子重新装修，在书房里放更多的书架。我要对儿子女儿打滚撒娇，让他们给我买个小院子，我建一座挂满青藤的凉亭，种几棵果树，栽很多很多的花，还要养一两只拉布拉多，给它们搭小木屋。天气凉爽的时候，我会坐在凉亭里看书、读报、喝茶，狗狗趴在身旁，阳光照在身上，在躺椅里缓缓睡去。

也许我还会那么怕虫子，但作为一个老人，显然不能再被一只蟑螂或者蜘蛛吓得尖叫了。我会内心嘶吼，表情冷静地脱下自己的老头鞋，或拿出杀虫剂，忍着恶心把这些家伙消灭。

我也不会再翻白眼到把隐形眼镜翻出来了。遇到想吐槽的事，即便内心有一万头草泥马呼啸而过，脸上也要露出“你开心就好”的慈爱表情。如果对方实在太过分，或者太不听话 ，我也只好用拐杖耍套打狗棒法了。

那个时候，也许我最爱的人已经接二连三离开了我。但时间是最好的麻醉剂，见惯了别离，别离也就不再是情绪。我的记性会变得更差，会很快忘记消失在生活里的人。但我不会强迫自己回忆，因为我知道，很快我会和他们再见。而现在，身边依然有很多未曾离开的人，我相信他们会和年轻时一样爱我。我们将彼此陪伴，度过生命中最后的日子，就像曾经我们一起度过那些最美好的青春。

如果我老了，我还是要和现在一样，甚至比现在更加自由地做自己。我要潇洒地活着，让所有遇到我的人都发自内心感慨 ：这个帅老头儿，好酷啊！

一颗蛀牙

最近有一颗蛀牙在我嘴里造反。

它躲在口腔右上方最角落的位置，仗着我看不到它，阴险地折磨我。吃冷的疼，吃热的疼，软的疼，硬的疼，我喝口水都得犹豫一下，生怕这个坏家伙不高兴。

说起来，这颗蛀牙已经在我嘴里闹腾七八年了。

最开始注意到它，是在一次洗牙的时候。那时它还没有堕落成蛀牙，只是个小小的黑点儿。帮我洗牙的那位男医生，牙齿很白，心眼很坏。一边朝着我的嘴里喷水，一边用力铲我的牙垢，我怀疑用这个力气，他都能开出一块荒地来。欣赏着我疼痛与屈辱的泪水，聆听着我喉咙里“嗯嗯啊啊”的哀号，口罩都挡不住牙医先生那开心的笑容，他告诉我：“小伙子，你有颗牙很危险啊，上面有个黑点，不及时治疗的话，很容易变成蛀牙。”

“怎么治疗呀？”我一边流着口水，一边问他。

“先把牙钻开，杀死神经，再重新填上。”他笑呵呵地说。

“啊？听起来很疼啊！”我有点儿害怕。

“当然很疼呀！”

……

于是，我决定假装没有发现这个隐患，再说了，一个小黑点儿能有什么影响，没准儿过段时间就好了呢！这医生太小题大做了，洗个牙还把人家弄得这么疼，好坏好坏的，才不要相信他呢。

然而一年后，当我因为牙痛死去活来、满地打滚的时候，我很想穿越到那个时候，抽死没有立刻治疗的自己。当时我已经在澳洲读书了，某天从甜品店买了一张超级美味的苹果派，用我妈的话说，就是苹果饼。正美滋滋地吃呢，忽然一阵钻心的疼痛从嘴里传出来，立刻让我落下了泪水。我强忍着剧痛，用惊人的毅力吃光了剩下的大半张派，喝了一瓶饮料，然后满屋子找阿司匹林止疼。

然而止痛药只能让我缓解一会儿，药效过后，依然是折磨。两天的时间，我一张标准鹅蛋脸硬是肿成了嫩牛五方，还是长歪的。坚持了一个礼拜之后，我终于认输，到附近的一家牙医挂了科。

这家牙医诊所是韩国人开的，替我检查之后，牙齿很白的韩国牙医先生对我说，你这颗牙蛀得很厉害，现在有两种方案，一种是暂时止痛，但过多久会再发作，我不能保证。另外一种是杀死神经，永久止痛。暂时止痛 200 澳币，杀死神经 600 澳币。

600 澳币是个什么概念？当时澳币对人民币的汇率是 1 比 6 还

多，也就是说我杀死一颗牙神经需要花费3600多块钱。虽然我买的是学生保险，平时看病买药基本可以全部报销，但是唯独牙医和美容不算。也就是说，看牙的钱全部要我自己出。这么一笔钱，我干什么不好，可以买衣服，可以吃好吃的，可以到附近的城市转转，却偏偏用来对付这么一颗该死的蛀牙。那一瞬间我感到无比愤恨，有一种想立刻回家的冲动！可一想到发作时的疼痛，我又有点儿㞞了。犹豫了一会儿，我还是决定，用600澳币的代价，把这个家伙彻底杀死！

治疗的过程有多痛苦多惨烈我就不描述了，那之后我的脸足足肿了两个礼拜，吃了两个礼拜的稀饭。

从此，这颗被杀死了神经的废牙逐渐被我遗忘。直到最近，我去桂林旅行，一颗杧果让我想起了它。虽然不再疼痛，却开始松动，翻来覆去地总感觉嘴里多了个东西。回来之后我去看牙医，医生让我不要放弃，最好选择加固。因为牙齿一旦脱落，我要么选择种牙，要么用两边的牙齿当支架，镶一颗假牙，不管哪种，都比现在痛苦。

我跟医生说回家考虑一下，然后回家吃了个鸡蛋，这颗牙就被蛋黄硌掉了。没有任何疼痛，没有一点点防备，这颗蛀牙就这样跟我分手了。

好吧，蛀牙先生，谢谢你曾经陪我尝过甜、吃过苦，虽然有些甜到发腻，有些苦到忧伤。我们一起经历了那么多酸甜苦辣，我当然会对你有感情啊。但是那又如何呢？我曾经那么爱你，你却不停折磨我，把我的脸都弄肿了。然后在我犹豫要不要跟你分手的时候，主动甩了我，毫不留恋地离开。

看着这颗蛀牙，我忽然想起一首歌，侯湘婷的《牙齿与爱情》。

“我的牙齿会掉，可爱情会不会老，这样想想觉得很无聊。”

“如果爱像牙齿，坏了可以修补，是否还能找得到幸福。”

“哎呀呀哎呀，哎呀哎呀哎呀，哎呀呀能不能幸福……”

喜欢一个人，他的笑照亮了整个世界，他皱着眉头天就阴了。而当这种喜欢过去，他笑，他愁，就都成了“干我屁事”。牙齿会掉，爱情会老。当爱情坏了的时候，你愿意去修补，还是干脆换掉，重新开始呢？

冰川怎么爬 / 夜路 / 爱上一座城 / 我要饿死在新西兰啦 / 顺流而下 / 水灯节 / 按摩记 / 我在清迈老了五十岁 / 天杀的电动车 / 说走就走的旅行？才怪咧

Chapter ㊄

◇

心底的故事，最初的远方

说走就走的旅行？才怪咧

最近一次的桂林与大理之旅，我和朋友用了近半年的时间来规划。其实最开始的目的地是茶卡盐湖和敦煌，走西北线路，因为以前去的多半是那种烟雨朦胧的小镇，或是灯红酒绿的闹市，这次我们想看看大漠孤烟直的荒凉景象。于是我专门咨询了前段时间刚去过的朋友小杰，小杰是个十分热情的女孩子，不仅耐心回答了我杂七杂八的问题，还专门花时间做了个路线规划，告诉我们哪里好玩，怎么走省时间，连宾馆和包车的电话都一并奉上，让我落下了感动的泪水，然后决定换条线路。

对不起，小杰，请你不要打死我。

改变路线的主要原因是我怕死。我了解到，走西北线路，很多时候经过的是人迹罕至的地方，公共交通并不便利，大部分时间需要包车，如果人数较多倒无所谓，毕竟人多力量大，可我们只有两个人，而且都是一拳就能放倒的夙包，如果遇到黑车司机，半路上觊觎我们（尤其是我）的美色，心生歹念，把我拖下车去嗯嗯啊啊，那我岂不是赚了，哦，不，是亏大了？为了人身与贞操的安全着想，我跟朋友商量了一下，把原有的计划全盘推翻，重新找相对安全的线路。

那么问题来了，去哪儿呢？出国时间不够，也没那么多预算，国内大部分地方都去过了，北京？上海？广州？经常路过。青岛？杭州？成都？熟到不行。西藏？高原反应会死人吧。内蒙古？风好大人家会被吹跑的。厦门好热，哈尔滨很冷，爬山会累，海边晕水……就这样犹豫了几个月，气疯了数个朋友，最后我终于决定，去大理和桂林！目的地是有了，可决定在这条线路上怎么玩、订哪家的宾馆客栈、吃什么特色美食，又让选择恐惧症患者抓狂了。除了这些，旅行中带什么东西，也得一样一样选：春夏秋冬的衣服得带吧？稍微骚气一点儿的泡吧服得带吧？洗漱用品不说了，胃痛头痛感冒拉肚子的药物得带吧？眼罩耳塞口罩袜子内裤，相机手机 iPad 充电器，等等等等，似乎哪一件都用得上。每到这个时候，我就特想要只哆啦 A 梦，不图它的珍贵道具，只要那个四次元百宝袋就够了，把能装的东西都丢进去，带只蓝胖子就能出发了！可蓝胖子只属于大雄，我只能拼命欺负皮箱，塞满每一寸空间，最后利用体重把箱子关上。

以前听到“说走就走的旅行”，觉得很小清新，没想到这句话逐渐有了非主流的意思。前段时间看了则社会新闻，大意是几个女生去旅行，没跟家里大人打招呼就走了，结果途中被坏人拐卖，被逼卖淫，幸好最后被警察叔叔救了出来。事情很让人警醒，但

想成为那种不好看、不出色，

却有自己的倔强，

可以凭着一股勇气向前冲的人。

写这条新闻的记者是个小清新 Hater，用了这样一个标题，让我差点儿把面条抽进鼻子：一场说走就走的旅行，结果被卖到西藏卖淫。还挺押韵。

虽然成了非主流代表，可对于现在的我来说，一场说走就走的旅行还真是件困难的事儿。上大学的时候倒是可以说走就走，虽然没什么钱，空闲却大把，跟朋友聊聊天，忽然看到某张美丽的风景照片，或者听说某个城市的烤猪脚好吃，脑袋一热，几分钟定下目的地，约个同样无聊的狐朋狗友，一晚上订好机票住宿，拎起背包，房门锁好，出门驴去喽。换洗衣服？谁看你啊，对付穿着呗，实在不行在那个城市买啊。防晒？ Who care 黑不黑啊！洗漱用品？用宾馆的嘛，反正付了钱……这样仓促并且粗枝大叶的旅行竟然没出什么大乱子，而且还能享受到旅行的乐趣，现在想想，不得不说是年轻任性的原因吧？

人越是长大，越擅长瞻前顾后，说走就走的旅行成了年轻人才有的任性的权利。不知从什么时候开始，我不能“说走就走”了。在一个地方安稳久了，人就会变成懦夫。工作、生活、朋友、爱人，得到的东西多了，舍不得的也越来越多，但能带在身上的却十分有限。就算把大大小小的东西都带上了，可在旅行途中，仍然会不由自主地牵挂那些还留在家里的：煤气关了没？物业费是不是该收了？工作上的事情没问题吧？我的宠物有没有好好吃饭呢？放不下的东西就像一堵墙，挡住了风景，隔开了声音，也堵住了乐趣。

不能说走就走的不只是我，身边的朋友们也是如此。以前一起五湖四海到处游荡的朋友们，如今要么成了家庭主妇，要么化身工作狂魔，曾经约好的一年一聚也成了奢望。不是时间对不上，就是最近有事儿出不了门。即使出门了，人在心不在，也没什么意思。

真希望可以回到从前，有丢下负担的魄力，有获得新东西的勇气，随时说走就走，不管不顾地撒欢儿，旅行。其实，那些嘲笑“说走就走的旅行”烂俗的人，也跟我一样吧，只是因为羡慕嫉妒拥有自由的人，恨自己是没有勇气放下的懦夫罢了。

天杀的电动车

去双廊之前，哥们儿大春子用特别梦幻的语气对我说："你去大理，一定要租辆小绵羊，绕洱海开一圈，吹吹风，看看蓝天白云，那种感觉那种 feel，是你在城市里找不到的爽。"我不知道他所说的"爽"到底有多爽。不过看一大老爷们儿在眼前一脸清新，实在很想赏他一巴掌。我这哥们儿身高一米八左右，外表糙汉，内心宛如少女，从小就特别粉红浪漫。上高中那阵儿，这仁兄每天顶着一张扑克脸，放学不去食堂吃饭，自己跑到宿舍楼后面，用彩色粉笔在墙上画各种美丽的小花花，或者在二楼角落的阳台里用小刀刻不知名的小鸟、小蝴蝶等。这简直就是文艺电影里的经典桥段，如果桂纶镁这么干，场景绝对赏心悦目，可这家伙这么干，我却觉得他是变态。最后那些青春时期的小花小鸟都被我偷偷毁了，后面的墙我撒了尿，阳台上的小动物身后都多了一坨用粉笔画的便便。

不提当年造的孽，看大春子从大理拍回来的照片，苍山洱海，广阔的环湖公路上行驶着一辆辆电动车，的确风景秀美。因此到了双廊，安置好行李，我和兔兔就在客栈旁边的租车点租了一辆小绵羊。

在这里我必须要说，本人是个运动白痴，玩滑板只敢蹲着用手扑腾，骑自行车不敢拐弯，电动车对我来说简直就是外星交通工具。2013 年我去西安玩，离开的时候打不到车，怕耽误火车，我只得壮起狗胆打了一辆摩的。选车时我留了个心眼，特意选了一位包着头巾的年轻女驾驶员，我想这么个温柔腼腆的姑娘，车速应该不会太快吧？可残酷的现实很快给了我一巴掌，事实证明女的要加速，谁都挡不住。巨大的引擎声响起，滚滚黑烟喷出，那个腼腆的姑娘变成了飞车侠，我还没来得及跳车，小摩的已经“嗖”的一声冲了出去，宛如魔鬼的步伐，摩擦摩擦再摩擦。这一路上，我都处于尿崩的边缘。哦，前面有辆轿车，超；旁边有公交车，超；追上一辆大货车，超！这位腼腆的大姐以前是开坦克的吧？在一个十字路口，红灯终于拦下了摩的，此时我腿都软了，心都碎了，我努力用平稳的语气劝道：“姐姐，我不赶时间，咱慢点儿开。”大姐温柔地点点头，绿灯一亮，猛地一个加速，跟一辆私家车擦身而过……好想喊救命。结果半个小时的路，小摩几十个漂移，用了十几分钟就到了。下车时我仿佛得到了新生，同时也暗自悔恨为什么没穿尿不湿。从那以后，电动车这个东西给我留下了心理阴影。不过身边的小伙伴倒是对这玩意儿情有独钟。我的一位同事，爱电动车爱得死去活来，明明已经考了驾照买了

车，却又瞒着老婆买了辆摩托车。每天上下班都靠它，还特别热情地要顺路载我回家，可想而知，都被我特别有礼貌地拒绝了：“不了，我晕车。”“下次吧，我假发吹飞了怎么办呀？”“哎哟，人家今天不方便了啦，讨厌。”

扯远了。我们到达双廊的时候，马路上并没有多少大型车辆，来来往往的大都是我所租的那种小绵羊电动车，这也让我忐忑的内心稍微安定了一些。双廊租车的地方很多，一些当地人坐拥一百多辆小绵羊，分分钟可以收小弟当飞车党。我们租车的摊主是位头发花白的阿婆，操着带有当地口音的普通话，阿婆告诉我们，租一辆车的押金是一千块钱，每天的租金是五十块，如果损坏了，要另外赔钱。

我选了一辆拉风的蓝色小电动车，车身上印了一些俏皮可爱的小花花，开起来肯定又骚气又拉风，那么问题来了，这电动车怎么开呢？（阿婆：我活了这么久就没见过这么笨的美少年！）

看阿婆演示了电动车的加速刹车停车漂移后，我歪歪扭扭地骑上了车，经过了几次开进土沟、差点儿撞树、把加速当刹车之后，我终于掌握了基本驾驶方法！我们的计划是骑车环湖游览，目的地则是双廊的古镇。简单查了查地图，确认了方向后，我们出发了。不得不承认，骑电动车感觉的确十分舒爽，这个季节不冷不热，正好又是阴天，小风吹过我飘逸的毛寸，扑鼻而来的是湖水和青草的味道，时不时会遇到同样骑车的游客，迎面而来或后来居上，错身的时候彼此笑笑打个招呼，感觉十分亲切。不知道为什么，我想到了一部叫《恋爱地图》的老电影，范晓萱坐在加濑亮的电动车上，从隧道中穿过，由黑暗驶向光明。她说，谢谢你，隧道，给了我暂时的避风港。

我们没有感谢隧道的机会，因为我们还没到隧道就迷路了。一开始还没有注意到，可随着道路两旁的饭店越来越少，树木越来越多，期待中的古镇却迟迟没有出现。我问兔兔：“咱们的方向是正确的吧？”兔兔：“应该是正确的……吧？”

由于这串省略号，我们果然走错了路，而且是完全相反的方向。路边的一位好心大叔告诉我们，如果要去双廊古镇，可要抓紧时间了，这天阴成这样，保不准就要下雨。好心大叔话音刚落，一滴水珠就糊在了我脸上……

回程的路在文艺电影里简直不能更浪漫了，洱海，苍山，雨水，一眼望不到头的公路，男女主角浑身湿透了在雨中边行驶边呐喊，动情处再来一句“我好爱你”“人家也好喜欢你哦”，可在现实里简直糟透了，先不说我后座上坐着一位胖子，雨越来越大，浑身湿透，迎面而来的大风还会灌到嘴里，雨水也特别有劲儿，就跟泼妇似的狂扇我嘴巴子，打得我满心怒火却不敢还嘴。后座上的小伙伴难得人性发作，把围巾围在我的头上，只不过打了个蝴蝶结，让英俊的摩托车手瞬间变成了暴走小仙子，如果您在那天看到一只兔八哥骑着电动车歪歪扭扭地走在路上，别怀疑，那就是我。

二十分钟后，我们终于看到了古镇，但越靠近，路越难走，青石板非常湿滑，两边的建筑也越来越密集，狭窄的地方还不到两米，颠簸起来如果把握不住，电动车就会撞墙。尽管放慢速度，但在一处拐角我还是没控制好，连人带车摔了一跤。在摔倒的一瞬间，平时走几步路就喊累、运动细胞几乎为零的兔兔同学像是打了鸡血一样，像土拨鼠一般的灵活跳开后平安落地，毫发无损，而我整个人扑街，小腿被划破，刚买的靴子也毁了。哦，我的新靴子，你陪伴了我还不到一个星期，就被毁了容，想到在商店里，当我拿走最后一双时，那位不知名的大哥失望而愤恨的眼神，还有我当时心中暗爽的感觉，全部被这么一摔给摔没了。我的心里瞬间觉得好痛，好生气，好郁闷，好想对着天空怒吼，为什么！为什么要这样对我！然后让雨水打湿我的秀发，滑过我瘦削的脸颊，跟从眼睛里流下的热泪汇聚到一起，滴落并消失在我性感的锁骨里……实际上这只是我被摔傻之后的妄想，真实情况是我臭着脸闹脾气，踢了电动车几脚之后一瘸一拐地找了家咖啡厅吃饭去了。

等衣服烘干，肚子填饱，伤口上贴了创可贴后，我说什么也不肯骑那辆该死的电动车了，又不能把它丢在路边，只好勉强推回了租车点。接下来的几天，我们要么打车，要么徒步过去，路边依然很多人骑着电动车经过，但不管他们多么拉风、多么惬意，我也不会羡慕了。小伙伴发来短信问：骑电动车爽不爽？我回他：见鬼去吧。

我在清迈老了五十岁

我在清迈住的五天，用五个字就可以形象生动地概括：吃、睡、马杀鸡。从踏入这个小城的那一刻，我就老了五十岁，过上了退休老干部的生活。

清迈的生活节奏很慢，整座小城就像一位悠闲的老人，拄着拐杖坐在家门口，爱理不理地打量经过的路人。这里的店铺不到中午是不会开门的，即便偶尔有那么一家可以吃早餐的饭店，服务生也是明目张胆地打着哈欠。上午大街上基本空无一人，甚至可以躺在马路正中间比大字。连动物都懒洋洋的，过街小巷里，随处可见四仰八叉、倒在阴影里大睡的土狗，哪怕不小心踩到它们的尾巴，人家也只是睁开眼睛，屁股扭扭，转过头去换个姿势继续睡。

在这样懒惰的氛围中，我们每天都睡到日上三竿，简单洗漱后就可以去喝下午茶了。11月的阳光不是特别毒辣，晒在身上暖洋洋的。我们的宾馆隔壁有家水果店，老板娘长得十分好看，步行

去吃饭的路上，我们总要先在这儿买一杯百香果冰，纯天然手工鲜榨，好喝又有营养，可以补充一整天的维生素 C。

沿着主干路向东走，一路上有很多可以吃饭的地方，不过大部分下午才开门。虽然很热，可这里的店铺基本没有空调，只有陈旧的大电扇在天花板上摇摇晃晃地旋转，有种复古的慵懒。店里通常供着佛像，用各种鲜花装饰，蓝色的墙壁黑色的地砖，桌面洗不掉的油腻。因为经常接待游人，为了方便，菜单通常有三种语言：泰文、英语、中文，服务员也能听懂简单的普通话，像是：你好，谢谢，想吃点儿什么，不吃拉倒……

清迈的饮食以甜酸辣为主，甜辣的米粉、酸辣的鱼虾、酸甜辣的炒饭。偶尔吃吃还不错，可一天三顿都是这种口味，就有点儿腻了。而且所有的菜色一个味道，哪怕是中国餐厅，为了照顾本地市场，口味也成了甜酸辣。出发前，小伙伴的妈妈硬塞给她两瓶老干妈，让她装进箱子带着，结果被她嫌弃地丢在了家里，说谁要带老干妈到泰国啊，那边好吃的超级多好吗？结果现在嚼着酸酸甜甜的鸡鸭鱼虾，回想起当初那两瓶老干妈，真想穿越回去大抽自己一顿：叫你不听妈妈的话！

吃过午饭继续向东走，可以看到一个小型市场。狭窄的巷子两边，是贩卖水果和蔬菜的摊位，熙熙攘攘十分热闹。热带的水果让人十分满意，新鲜、个大、汁多、味甜。红柚、杧果、香梨，可以按斤来买，也可以选切好装盒的。摊主服务十分周到，水果切块正好是一口的大小，盒子里还用小袋子装了砂糖，可以用牙签蘸着吃。

虽然水果种类繁多，但我的最爱，当然还是水果之皇——榴梿啦！这里不愧是榴梿的老家，榴梿的味道一级棒，一口下去，果肉入口即化，有奶油般的香甜，让人回味无穷。值得注意的是，虽然泰国榴梿非常出名，不过在当地水果摊位上，却很少看到榴梿跟其他水果一起售卖，只有去专门的摊位上才能买到。无论是酒店、餐馆还是超市，公共场合都会贴一张告示，上面写着禁止携带榴梿入内。没办法，我们只能带着切好的榴梿，或蹲在街头，或在公园的长椅上，狼吞虎咽。

什么嘛，榴梿那么好吃，不要嫌弃它好吗？

吃饱喝足，找个按摩的地方，一觉睡到天黑。等夜幕降临，清迈才真正热闹起来。

清迈的夜市非常有名，大宝天天见，夜市晚晚有。按照时间的不同，主要分为四个。平日夜市从周一到周五，地点在古城外的长康路上，规模不小，可以买到当地特色日用品和服装，是吃过晚饭消食散步的好地方；周五夜市距离市区较远，规模比较小，去的话需要坐车；周六夜市从护城河一直延伸到瓦莱路，规模较大，有各种小吃和工艺品，还有卖艺和现场做马杀鸡的服务；最热闹的要数周日夜市了，从帕辛寺一直向东，直到塔佩门，道路两边摆满了摊位，各种当地小吃，像杧果饭、榴梿雪糕、泰式烤肉、油炸猪皮，一路逛下来满嘴流油大胖三斤。工艺品也琳琅满目，有手工制作的熏香皂、竹灯笼、金属徽章，还有各种颜色鲜艳的布艺。既然是夜市，当然可以杀价，不会泰语就用英语，英语不行就拿手比画。一款五百泰铢的小台灯，一番手舞足蹈之后，硬是被我杀到了两百。

逛累了，吃饱了，也可以到路边的马杀鸡摊位享受一下正宗的泰式按摩。在这里提供按摩的，要么是膀大腰圆的大叔，要么是膀大腰圆的阿姨，想找温柔美丽的小姑娘，只能去正规店里。如果怕被大叔大妈按散骨头，也可以到足浴馆，让那些贪吃的小鱼帮你做个足浴。

晚上八九点钟，在我居住的城市，大部分人已经回家准备休息了；而在清迈，道路水泄不通，人们接踵而至。游荡在夜市里的不仅仅是来自世界各地的游客，也有很多本地居民，吃想吃的东西，挑感兴趣的商品，慵懒的白天仿佛只是种假象，随着日落消失不见。天黑了，这里的生活才刚刚开始。

按 摩 记

一开始听说去做按摩的时候，我心里是拒绝的。开什么玩笑啊，从小到大，人家这敏感的肉体还没被陌生人触碰过呢！

我这人特别怕痒，有的人痒痒肉长在腋下，有的人长在脚心，还有的在肚皮或者脖子后面，而我全身都是痒痒肉。人家摸我一下，我都能“咯咯咯”半天，跟下蛋的老母鸡似的。小时候老爸带我去公共浴池，搓澡的大叔最怕看到我，因为每次给我搓澡，都得费很大的劲儿抓人。浴室里蒸汽茫茫，到处是白花花的屁股，我那么一丁点儿，又跟只猴儿一般滑溜儿，搓澡大叔和老爸光着屁股，咬牙切齿，嘶声怒吼，气喘吁吁，最后往往要在众人的帮助下，才能把我抓住，按在搓澡台上。等到真正开始搓澡，又是一场煎熬，搓后背，我“哈哈哈哈”；搓胳膊，我“嘻嘻嘻嘻”；搓肚皮，那就是“嗷嗷嗷嗷”了，各种魔音灌耳，弄得大叔满头大汗，整个浴室的人都跟看耍猴儿似的。

稍微长大一点儿，再也不去公共浴池了，足浴之类的更是想都不敢想。大学时有个哥们儿不学好，过生日招待大家去足浴。金碧辉煌的大厅，一堆半大小子坐成一排等着洗脚。每个人的椅子前摆着个大木桶，里面漂着红色花瓣儿，映得人脸都发红。几个温柔漂亮的姐姐坐在小板凳上，给我洗脚的那位姐姐叫培培，脸上有颗美人痣，头发长长的，盘在脑后，好看极了。

培培姐姐很有礼貌："来，弟弟，我来帮你洗脚。"

姐姐，你好美，可是姐姐你揉得我脚丫子好痒。

一开始，碍于姐姐的美貌，我还强忍笑意。旁边一哥们儿看我要笑不笑的扭曲表情，显然误会了，露出十分鄙视的眼神。他说，你好下流，怎么笑得那么猥琐。开什么玩笑，我心灵纯洁得有如深山里的清泉般叮咚乱响，怎么能忍受这种污蔑。正要争辩，培培姐姐一指按在我的脚心，顿时一阵奇痒，丹田之中有股正气呼啸而出，涌到嘴边，化作一连串"哈哈哈哈"。那哥们儿看我的眼神更加鄙视，一脸至于"这么高兴吗"的样子。

我又羞又痒又气，想把玉足抽出来，可认真的培培姐姐就是握着不放。

我说："我不按了，不按了。"

培培说："不行不行，要按完，要按完。"

我说不要不要，培培姐姐非说要要要，结果一来二去，我一个高抬腿，不小心把盆踢翻了，洗脚水飞溅三尺，培培姐姐惨遭洗脸……从那以后，哥们儿再也没邀请我去洗过脚，我也再没脸去类似的场所了。

因此在清迈，当福茄指着一家按摩室说要去全身按摩的时候，我挣扎了好久，最终还是没能战胜对泰国按摩的向往。我们去的这家按摩店名叫“丽菈泰式按摩”（Lila Thai Massage），又叫清迈女子监狱按摩中心，是清迈最正宗的传统泰式按摩馆。据说是当地一位女子监狱的狱长，为了让那些被释放的女囚能够在社会上有立足之地，专门建立的。女囚被释放之前，会接受相关的培训，掌握按摩技能，并且来店里为客人服务。这样既可以获得收入，也能保证她们出狱之后有工作。

这家店在当地有许多分店，想按摩的话需要提前打电话预约。我们去的是一家距离塔佩门不远的分店，门口有精致的小喷泉和热带植物，这也是这家店的标志。换鞋进屋，大厅里飘着阵阵精油清香，先到前台确认时间和按摩种类，按摩的服务项目很多，有足浴、全身按摩、美容按摩等。价格并不贵，足浴一百多泰铢，全身的话三百到四百泰铢不等。我们选择了全身精油按摩，确认后就在休息区喝茶等候了。

说到女囚，我心里浮现的，要么是虎背熊腰、脸上有疤的大妞儿，要么是发色奇异、眼神凶狠的小太妹。可实际上，这些按摩师傅都是非常温柔的姐姐。为我按摩的这位姐姐既苗条又漂亮，说话轻轻柔柔，让人很有好感；福茄就比较倒霉了，虽然也是个温柔的姐姐，但是目测至少有180斤，胳膊比我腿还粗，为此她十分害怕，生怕被人家一使劲儿按死。

我们先在外面洗了脚，然后到更衣室里换按摩服。

所谓的按摩服是件黑色的一次性小裤衩，还是三角半透明的，穿了等于没穿。我对着镜子转了一圈，感觉非常羞耻。福茄和我的感觉一样，我们两个就像刚上花轿的大姑娘，扭扭捏捏地披着浴袍，被带到一间按摩室。由于精油按摩相比其他的按摩要暴露很多，因此这间按摩室只有我们两个顾客。按摩的姐姐们每人拎着一个大竹盒，里面是所有的按摩工具。

在手上涂满精油后，按摩姐姐用带着东北口音的普通话对我说："要开始了哟。"我十分紧张，肌肉都绷着，按摩姐姐又用带着广东口音的普通话说："放轻松。"然后拍打我的小腿肚子，用力拉脚指头，轻按脚心。平时被碰到这些地方我早就笑得死去活来了，可这次奇迹般地竟然没有感觉到痒，虽然有点儿疼。

其实最开始，我还是觉得很羞耻，毕竟内裤那么透明，趴着还好，顶多露出屁股；平躺着的话，就等于在一个陌生的异性面

前全裸，这简直是在耍流氓呀，在过去是要浸猪笼的！可是按摩姐姐非常专业，没有任何的羞涩，十分大方地搓揉着我的大腿根部和屁股，而且这种搓揉不带任何挑逗意味。我想，一个女孩子都没觉得不好意思，我一个大老爷们儿也没必要扭捏，于是慢慢地放松了。在精油的香味和按摩姐姐温柔的手法中，意识渐渐模糊。

蒙眬中，我感觉到自己的脖子被人用手肘夹住，背部被膝盖顶着。接着耳旁响起按摩姐姐温柔的声音："准备好了吗？"

咦？准备什么？

我还在纳闷，脖子就被人拔了起来，先扭到左边，又扭到右边，骨头发出"咯吱咯吱"的响声。

我："……"

只见按摩姐姐整个人坐在我的屁股上，拔完我的脖子，又转身扳起我的双腿，把它们弯曲成一个不可思议的角度。……天哪，姐姐，你轻点儿啊，我从小到大的柔韧性都超级差啊，初中时体育考体前屈，我连脚脖子都够不着啊！得了个零分啊！

然而姐姐才不管我零不零分呢，接下来的时间里，本来温柔的按摩忽然成了摔跤，这位按摩姐姐以手技、腿技、组合技等，逼我摆出各种诡异的姿势，还一直用不太标准的中文问我："痒吗？疼吗？忍一下。"

不痒，我疼，忍个屁……

这个时候，我觉得自己简直是个破碎的娃娃，被人任意摆弄，不禁悲从中来，差点儿落下辛酸的泪水。再看看躺在旁边的福茄，如果说我这里是动作片，那旁边正在上演的简直是恐怖片：180斤的胖姐姐整个人坐在福茄身上，以相扑的动作连续击打她的背部、腰部和腿部，发出“啪啪”的巨响，胖姐姐的表情坚毅，一瞬间我好像看到了正在移山的愚公，再看看她身下的福茄，脸朝下地趴在垫子上，仿佛一条断气多时的咸鱼……跟福茄比起来，我好幸福……

蹂躏过我们之后，两位姐姐拿出几个浴盐包，加热后分别放在我们的后背、大腿和翘臀上，然后拉上布帘，让我们好好休息。

我挣扎着问福茄：“你还好吗？”

福茄气若游丝：“勉强活着。”

不过说来也怪，被扭曲时我觉得骨头都要断掉了，刚放上浴盐时又差点儿被烫死。可一切结束后，全身却有一种放松的感觉，每一寸毛孔都清清爽爽的，所有的酸痛都不见了。

也许这就是泰式按摩的魅力吧？在温馨的灯光和轻缓的音乐中，我们睡着了。

水　灯　节

来清迈三天了，我们每天吃了睡，睡了吃，真是猪一般的生活。悠闲是悠闲，可毕竟不是老人，慢生活过久了，还想来点儿刺激的。这天我们正商量要不要去看人妖姐姐，旅馆前台的小泰妹告诉我们，今天是泰国的水灯节，清迈城里会十分热闹。

我们两个乐疯了，几乎要在原地转圈圈跳舞庆祝。本来脸都不想洗，听说晚上有节目，赶紧冲回房间，洗白白喷香香，找了最骚包的衣服换上，花枝招展地出门。我问福茄水灯节有什么寓意。福茄说，传说，有个泰国的小王子在水里点了一盏灯，看到的人都得到了幸福，为了纪念这个王子，便把王子放灯的那天定为水灯节。

原来还有这样的典故，我对福茄的博学肃然起敬。“那这个节日有多久呀？”我问。

福茄“啧”了一声，不耐烦地说：“我怎么知道啊，我只是瞎编的。”

……怎么不去死啊？

上网查了查，水灯节是泰国非常出名的节日，每年泰历十二月十五日，一般在公历十一月左右，这段时间雨季刚过，河水高涨，夜晚通常万里无云，月亮像一张大饼，霸道地贴在天空中，十分耀眼。按照泰国的习俗，泰国人会在水灯节的晚上，将亲手制作的水灯放到河里，寄托心中美好的愿望和祝福。而在清迈，水灯节不仅要放水灯，还要放天灯和游行。

跟动不动就被泼一脸的泼水节不同，水灯节更加浪漫婉约，很适合那些以清晨露水为生的清新小仙子。本以为过节，道路上的人会多一些。但让人失望的是，当天上午清迈大街上还是一片空荡，太阳热情似火，猫狗瞌睡成群，店铺们一副老子不想招待你不要来打扰的鬼样。行人三三两两，而且大多是游人。本地居民要么准备游行，要么躲在家里睡觉避暑。

什么嘛，一点儿节日气氛都没有。

我和福茄只好再次到按摩店午睡去。醒来时夕阳西下，在塔佩门附近找了家咖啡厅喝 MOJITO 吃蛋糕，本来晴朗的天空忽然变得阴沉，几分钟内就下起了大雨。我们坐在阳台的塑料棚下，看街上匆忙避雨的人们，又庆幸又沮丧。庆幸此刻不用浑身湿透，沮丧的是看来游行要泡汤了。

这场雨来得突然，去得也快，一杯 MOJITO 只喝了一半，天空已经露出晴意。马路上的人逐渐多了起来，大部分是年轻人，有的穿着校服，有的穿着民俗服饰。当一辆花车从眼前经过，我们

愿望是一盏孔明灯，

清楚实现不了，

却总想放得高高的。

终于确信，今晚是有游行的。

天黑了，马路两边挤满了人，为了更好地欣赏游行，大家都如饥似渴地抢占了每一片马路牙子。有的坐在报纸上，有的坐在衣服上，还有的坐在男朋友大腿上。我和福茄盘腿坐在广场外的一条马路上，一边聊天，一边等待游行开始。

晚上七点，音乐声响，水灯节花车游行正式开始。游行的花车有的来自大学，有的来自单位，也有的来自社会团体。每辆车都有自己的特色，服饰也不同。不得不说，这次来泰国，让我对这里的人有很大的改观。以前井底之蛙，以为泰国人民又干又瘦又黑，到这里才发现，其实帅哥美女很多。花车上翩翩起舞的少年少女都是个顶个漂亮，连抬车的青年们也十分帅气，清一色平头，穿无袖开襟小马甲，露出手臂或胸膛上的文身，我能感觉到，福茄的眼睛一直在人家胸上打转。

花车一辆一辆经过，足足过了半个小时，车队还是看不到尽头。我们顺着人潮，一路跟着车队走下去。路边有许多学生兜售天灯，价格便宜，折算成人民币才五块钱一盏。

从塔佩门走到潘提普大厦，用了三个小时，虽然腿要断掉了，但人群的快乐也感染了我们。在终点并没有庆祝仪式，游行的人休息一会儿之后，便各自散去。虽然还不到日子，但此刻已经有人放起天灯，零星灯火在空中若隐若现，很快就消失在了风里。

第二天晚上才是放灯的好时光。天刚黑，几个广场上就聚满了人。万人天灯场地太远，我们不想舟车劳顿，就近去了老城外的河边。不用担心买不到灯，有人的地方就有摊位，有摊位就有各种各样的灯。水灯种类尤其多，有的巴掌一样大，有的跟福茄脸一样大，不管哪种，都是摊主手工制作的，十分精致。此时河边人满为患，游客成双成对，当地居民拖家带口，大家都想找个好位置，许多人甚至来不及点燃水灯上的蜡烛，就把它们丢到河里。几个当地的小孩儿泡在水里，遇到这种情况，便蹚水过去，把灯捞上来还给人家。

好不容易挤到河边，把水灯点燃，接下来就要许愿了。可在那一瞬间，脑海中却一片空白。来时想好的愿望，在河面上点点闪烁的灯光里，在人们祈盼温馨的眼神中，变得没有那么重要了。最后，我只是闭上眼睛，简单许了个愿，然后点燃蜡烛，把灯放到水面上，看那小小烛光汇入万千亮点之中。

虽说是水灯节，放孔明灯也是必不可少的环节。在古城外的桥上，早就成了孔明灯的海洋。来自世界各地的游人，语言不通，发色不同，却都在做同一件事。以前我只在电视里看过放天灯，自己却从来没有放过。福茄对我说，把想要的东西写在灯上，灯飞得越高，愿望就越有可能实现。我乐坏了，决定把整个灯面写满。不过随后一位本地居民告诉我，一般他们会把不要的东西写在灯上，比如烦恼、疾病或者前任，让它们升到空中，随风而去。

也许有太多不想要的东西，我和福茄不约而同地各自买了十几个孔明灯。我们没有看对方写了什么，反正已经不重要了，那些讨人厌的烦恼，很快都会被带走。

放孔明灯是门技术活，火点早了不行，火苗太高会把灯烧坏；点晚了也不行，灯会飞不高，有的挂在树上，有的直接落到河里。只有掌握好火候，在最恰当的时候放手，孔明灯才会飞得又高又远。我们十分奸诈，一开始只是静静观察旁边的人，用他们的失败来总结经验。有的老外把灯放到了天线上，有的被飞过来的灯点燃了头发，还有的没飞起就烧着了。然而不管灯是否顺利升空，大家都是欢呼不断，有种单纯的快乐。

我们也忍不住点燃了手中的孔明灯，看着它由干瘪逐渐饱满，明黄色的灯光在灯罩之下，温度有些灼人，我却舍不得放手。真的很怕它会突然坠落，那些我想抛弃的东西也会随之回来。放手的瞬间，心里轻松了许多，仿佛真的丢掉了负担。在这一晚，每秒钟都有数百盏灯飞往天空，我很快就分不清哪一盏才是我的烦恼了。

不过那不重要了，反正，它已不再属于我。

顺流而下

从桂林到兴坪古镇，我们选择了乘竹筏顺流而下。作为一个恐水症患者，面对半米深的水坑我都会屁滚尿流，平时连儿童游泳池都不敢去，决定走这段水路实在是个巨大的挑战。原本计划坐大巴过去，可同行的兔兔哭天抢地：坐大巴多闷呀！竹筏巴适得很，风景漂亮得很！我长这么大还没坐过竹筏呢！你怕什么呀？我都不怕的！一米深的水对我来说是没顶之灾呢！你把手搭在水里做贵妃侧躺多么小清新呀！天哪，我从来没见过这样的美男子呢！

这位自称“摄影系一枝花”的女子发誓会为我拍出数百张靓照，我这才同意坐竹筏。

我们坐的竹筏是前一晚客栈老板帮忙订的，摆渡人是个年轻小哥，皮肤黝黑，脸圆圆的，笑起来露出两颗小虎牙，看上去憨厚又可爱。当天因为早起赶路，我和兔兔没来得及吃早饭就上了车，途中司机师傅还一边吃烤鸡腿一边跟我们介绍桂林米粉有多么好吃，馋得我们两个口水直流，到码头的时候饿得快翻白眼了，嘴里不住念叨着“米粉米粉来两碗”。

可能是饥饿让我们的面部太过扭曲，也可能担心我们把他当米粉吸了，撑船小哥始终离我们三米远，并且很体贴地表示自己可以先去买票，让我们在码头的小店里打包两碗米粉。米粉店的门头很小，只有四五张桌子，桌上摆着酱油醋等调味料，油腻腻的。在柜台点了米粉，自己到旁边加酱料，有三种可以选择。在这里吃饭的大部分是码头上的工人、摆渡人，看到我们，其中几个大哥表情友善地说了几句话，我们微笑着点头回应，其实一句都没听懂。

我印象中的竹筏，是五六根竹子绑在一起，游人坐在上面，摇摇晃晃地漂在江上，随时有落水的危险。而实际上，这里的竹筏安全得多，两米多宽，中间架一座小凉亭，座位固定在竹子上，四周有防护栏杆。为了防止游客落水，上船时摆渡人会提醒大家穿好救生衣。这么多安全措施，除非故意跳水，否则还真掉不下去。竹筏也并不只靠人力驱动，一拉后面的马达，发动机就会“突突”起来，撑船人只要偶尔用竹竿掌控方向，就可以顺利前进了。

十月末是这里的淡季，漓江江面上竹筏不多。虽然是晴天，可阳光并不晒人，江面时有凉风袭来，带着江水的味道，吹在脸上格外舒服。偶尔与另外一条竹筏擦身而过，人家欢声笑语，船夫歌声洪亮，我们这边游客满嘴是油吃着米粉，小哥则悠闲地用手机看小说。我们不满意了，要求小哥也唱首山歌听听。小哥腼腆地笑了，露出两颗小虎牙，说我唱歌会把山上的狼招来，还是给你们讲故事吧。

然而小哥讲故事也没有很有意思，一板一眼跟背课文似的。小哥说，漓江两边的每一座山都有自己的名字，其中有些根据形状命名，比如老人山看起来像驼背端坐的老头儿，仙女山仿佛飞天的仙女，骆驼山则是趴着的骆驼，等等。有些则是根据传说取名的，最出名的要数九马画山，石壁上的花纹酷似九匹马，那是九匹天马。传说这里是天庭的御用马场，每天日出时刻，天神将无数天马从栏中放出来，有一天九匹天马冲破天门，跑到人间，看到这里山清水秀，比天庭还美，就说人家不要回去了啦，结果被玉帝这个控制狂知道了，非常不开心，于是让天神把九匹马封在了山里，这便是现在的九马画山。

虽说叫九马画山，可要从上面看出九匹马还真不容易。小哥说，每次路过这里，游人都要看看数数，这一带也流传着一首歌谣：画山壁，天马壮，不知到底几多双；看出七匹中榜眼，见了九匹状元郎。

尽管有小哥指点，但我只看出了八匹马，剩下的一匹鬼知道去了哪里。

漓江清澈见底，手伸进去，可以感受到清凉的江水，河床上绿色水草漂漂荡荡，偶尔还有小鱼在里面玩耍。小哥说，漓江虽然长，却十分温和，很少有人戏水出事。他们在河边从小玩到大，

经历过的每一段旅程都会有所收获。

无论是美丽的风景还是相伴的人。

游泳渡江完全没问题。沿途我们看到两边山下有不少民房，岸边还有洗衣服的大姐。我想，如果有一天厌倦了城市，我就到这里来，买间带小院的房子，种点儿菜，养几只大狗，安静地生活。不过这种幻想很快就被打破，小哥说，这里的居民一般不愿意把土地卖出去。对于外来的商业开发，他们非常排斥，之前有位老板想高价收购这里的地，结果被大家合力赶走了。

想来也是，守着这么漂亮的风景，谁会愿意离开，又怎么会容忍有人来破坏呢?

在江面漂了两个多小时，两岸始终群山叠翠，却并不令人感到枯燥。小哥划划停停，我们漫无边际地瞎扯，直到天边的云彩被晚霞烧红，终于接近了目的地兴坪古镇。竹筏逐渐多了起来，可以看到远处码头上人来人往。小哥并不急着靠岸，而是先把我们放到了对面的一座小岛上。他拿出一张二十块钱，指着来时的方向，说，你们看。

顺着他指的方向，在夕阳下，我们看到了与纸币背面一模一样的风景。

把我们送上码头，小哥抱拳卖萌：送君千里，终须一别，可能不会再见了，但希望你们记住我们漓江的风景。

青山常在，绿水长流，这么漂亮的地方，我一定会再来。

我要饿死在新西兰啦

在新西兰玩的几天真是开心啊！爬冰川钻森林，踩沙滩泡温泉，还能看到野生的企鹅下蛋和毛利大叔跳舞。这个国家风景好，空气好，人虽然粗鲁但是也好，唯一让人不满意的，就是吃的了。这一路上，我们就没吃饱过！不是我们娇气吃不惯，而是这里的食物，真的不是人类能享用得了的啊！

新西兰的第一顿饭，我们是在基督城（Christchurch）吃的。当时大家刚从中餐资源丰富的悉尼过来，还不知道接下来将要面对的苦难，没心没肺地在大街上招猫逗狗逛教堂，装小清新对着花朵摆pose。到了晚上，个个饿得鬼哭狼嚎，瘪着肚子到处找地方吃饭。我们在市中心找了一家当地餐厅，想尝尝本地的美食。四个人，点了两张pizza、一份pasta和一份面包套餐。作为一个来自东北的汉子，我一直以为东北菜的菜码才是最大的，但在这里不得不佩服地说，新西兰人更实在。一张pizza比我脸都大，pasta用盆装，面包像个小橄榄球。分量是够足，可问题是，这味

道也太难吃啦！Pizza 像没熟透的饼，上面还有一层白面，一口下去两颗牙都要硌掉了。Pasta 煮得稀烂，跟面糊糊似的，酱又咸又甜，而且腻死个人；面包更让人泪流满面，坚硬程度甚至超过了之前的 pizza，我怀疑战争时期用它来当炮弹的话，一下子能砸死好几个敌人。

第二顿饭是在旅途中的一个野营基地里吃的。基地由几个废弃的火车车厢围成，面朝大海，背靠原始森林，方圆百里荒无人烟。探险的兴奋劲儿过去，想到晚上食宿都在这么一个鬼地方，我们真想立刻跳上大巴到附近的城里去，可司机把我们送到地方跑得比兔子还快，只能等约定的时间到了再走。想出去找点儿东西吃吧，导游却告诉我们，天黑之后千万别出门，不然被熊叼走了我们可不去救。没办法，我们只能乖乖待在基地，喝小酒吧里的洋酒，打牌聊天，倒也蛮开心的。可到了晚餐时间，我们可开心不起来了。晚饭是统一套餐，每人一个大铁盘，里面有一勺土豆泥、一块大面包、一块烤牛排，不够可以自己去添，管饱。我这人特爱吃土豆，土豆泥土豆丝土豆片土豆条，只要跟土豆沾边儿的我都爱。尤其爱吃我妈做的土豆泥，每次家里有这道菜，我能吃两大碗饭。西餐店里卖的甜土豆泥我也喜欢，软软滑滑，香香甜甜，冰着吃也很棒。因此，看到这里有土豆泥我还挺高兴，狠狠挖了一大勺，塞到了嘴里。

然后我就吐出来了。这……这土豆泥怎么没味儿啊？

我端着铁盘，找到了胳膊比我大腿还粗的厨师大叔，小心翼翼说土豆泥没有味道，是不是忘记放调料了。大叔吹胡子瞪眼睛，丢过来一个小瓶，说，你觉得没味道，自己加盐吧。我一看，瓶子里装的都是大粒的粗海盐，得，我还得自己磨盐。然而磨了五分钟，我就觉得自己的手断了，只好忍痛放弃土豆泥，改吃牛排。新西兰畜牧业比较发达，羊啊、牛啊特别多，一路上我们遇到好多健壮的牛、肥美的羊，看着就特别好吃，估计这牛排肯定不错。于是我一刀切下去，血喷了我一脸。对面一个杭州妹子“哇”地叫了出来，说，你是不是切到手啦？怎么会喷血啊？怎么喷这么远呀，都喷我衣服上啦？我这衣服才穿了一次啊！大牌啊！你要不要创可贴啊？

我自己也吓了一跳，急忙检查了一下，发现血从牛排来，顿时无语。有人吃牛排喜欢吃七八分熟，因为肉质鲜嫩，口感好。我平时去吃西餐，也习惯点九分熟。我能理解牛排太熟了不好吃，可这块也太嫩了吧。说它五分熟，它自己都不干，看这血量，顶多三分熟。我环顾了一下周围，几个中国游客也是一脸为难，偷偷把牛排挪到一边。再看看国际友人们，哎呀，我的天哪，个个是满嘴血。我没有吸血的嗜好，因此那天晚上，我的晚饭是巧克力加面包。

第三顿是在冰川下的小镇吃的。我们爬了一天冰川，回到宾馆个个累成狗。洗了热水澡，把脏衣服丢进洗衣机，便打算到镇里找个饭店，好好吃一顿。可走了一圈，到处碰壁，镇里的大小餐馆竟然全部关门了！好不容易遇到一个开门的，也已经结束营业了。看看表，才六点多，天还没黑透，怎么就不做生意了呢，新西兰人民也太懒惰了吧！棕色头发的服务员微笑着告诉我们，俺们这嘎达就这样呀亲，不服你别来呀！

我们饿得没办法，只好闯进一家马上要关门的超市，抢购了几种蔬菜和肉，打算回宾馆自己做。幸好住的是青年旅社，要厨房有厨房，要工具有工具，还有盐呢！然而回去之后我们就傻眼了，是啊，的确有盐，但也只有盐而已，还是那种粗海盐。平时做菜，油盐酱醋糖，哪个能少放？这下可好，只能放盐了。那天晚上我们的晚饭也是蛮丰富的，有咸味的蛋炒西红柿，只有咸味的白灼青菜、咸土豆泥、煎培根、烤鸡翅。最悲催的是，我们忘了买主食，还是旁边的英国小哥看我们可怜，施舍了我们一些面包，这才勉强吃饱。

在南岛一路下来，基本处于吃不饱的状态，我们一个个饿得面黄肌瘦。刚来时，有几个小伙伴还吵着要减肥，这不能吃那不能点，油大一点儿都要吱吱叫，被饿了几顿之后，管它什么鬼体重，大喊回悉尼之后要狂吃火锅烤肉大肘子。不过这也难怪，新西兰南岛大部分地区还没开发，我们这次的旅行，选的又大多是比较偏僻的地方。即便有城镇，也很少有亚洲人出没，饭菜都是当地口味，不会像悉尼那样，照顾外地人。而且出来旅行，美食固然重要，可沿途的风景才是重点啊！我们途经的清澈的冰川、蔚蓝的无人湖、壮观的瀑布、静谧的原始森林、粗犷的海滩，正是因为还没有被过多开发，才保持着它们原有的魅力呀！

……话虽这么说，但我还是想早点儿回去，狠狠啃一个大猪肘子。

爱上一座城

每当累了、烦了、想把辞职信甩到领导脸上了，我总会想到成都。想到那个城市，心里就会有种不可思议的平静。

我一共去过四次成都，一年之内。在那里的时间加在一起，还不足一个月。一个月的时间，连一个人都认不清，更不要说熟悉一座城。如果你问我，成都有什么景观，哪里比较好玩，我只能嗯嗯啊啊，含糊其词：可能是春熙路，又或者是宽窄巷子……吧？

没办法啊，我在成都的时间，大部分都用来吃了嘛。

我知道玉林东路上有家好吃的串店，串串热闹地挤在红油小桶里，在油碟或者干碟里滚一滚，又辣又咸，好吃到让人合不拢嘴。不远处街角是家王妈兔头，要一份兔头，或者一份兔丁，边走边吃，满嘴流油。我知道春熙路附近的一家宾馆里，隐藏着一家没有招牌的盐湖菜馆，这里的环境好邋遢，桌子油乎乎，地面滑溜溜，服务员大姐们一脸你吃就吃，不吃赶紧滚的超屌模样。即便如此，每次到成都，我还是会过来。辣炒牛蛙、骨髓豆腐、兔丁、黄鳝，每一道菜都用洗脸盆来装，看着大，却从不够吃。配上白花花的大馒头，辣得眼泪直流，筷子却停不下来。

我还知道哪里有好吃的香辣虾、香辣蟹，哪里的火锅非常赞，哪里有特色小点心，甚至哪里的 KTV 里有好吃的卤肉饭。我爱成都的原因之一，是这个地方随时给我惊喜，就像小时候爸爸的口袋，随时能翻出好吃的。逛街走累了，停下来，随便拐进一家店，就能享受一顿大餐。

我的朋友大春子，毕业后从哈尔滨来到成都，没跟任何人商量，走得毅然决然。大学时，这家伙还满脸坑洼，一副宅男样。再次见面，虽然依旧很宅，脸上却油光水滑，肌肤吹弹可破，整个人白了一层，对比下来，倒显得我是个糙汉。

第一次去成都就是去找他。到达时已经深夜，机场里空空荡荡，人们大多一脸睡意，脚步匆匆，急于回到家里的被窝。我拖着行李箱，远远看到大春子等在门口，还是记忆里的样子，似乎从未改变。

见了面，热情拥抱，深情激吻，畅想当年，老泪纵横……

以上这些当然都没发生。他一脸平淡地说，你来了。我满脸睡相地回，我来了。行李递过去的瞬间，已经回到了从前。

出租车一路向北，高速公路上畅通无阻，树木在黑夜中快速奔跑，两边的高楼既陌生又熟悉。

“这里是我工作的地方。”

“哦。”

陌生城市中的热闹，

大部分时间，

只要远远欣赏就好。

“那个大楼去年才建好。”

“是吗？”

沿途的风景是他生活的一部分，而我只是个观光客，匆忙地、粗略地从车窗中一览而过。

成都的夜给我一种矛盾的感觉，行走在昏暗的小路上，两边的居民楼和树木若隐若现，家家户户安安静静，只有风吹树叶的声音。可走入大街，又能看到璀璨的灯光和夜游的人们，熙熙攘攘，热热闹闹。大家就像没有睡意的孩子，藏在夜幕的被窝里神采奕奕。吃饭，打牌，在街上闲逛，除了远行的游子，没有人想早早回家，与床做伴。

而这些陌生城市中的热闹，大部分时间，我只远远欣赏就好。来成都的第一个晚上，吃过夜宵，在有点儿潮湿却温暖的小宾馆里，我睡得很香。

除了老友与美食，成都给我留下的另一个印象，是茶。几天里，我似乎把上半辈子的茶都喝了。吃过早餐，逛了宽窄巷子，大春子便提议去附近喝茶。在一个破落的巷子里，我们随便找了家咖啡馆，点了两杯热茶，窝在沙发里聊天；吃过午饭，雨过天晴，又在创意酒吧工厂的一家小店门口坐下，晒晒太阳，喝着绿茶，看来往的小清新；去一家很棒的小店，有猫有音乐有好吃的甜品，老板还会穿各种美丽的首饰。又在这里点了两杯果茶，大春子研究我的相机，我研究那只不爱搭理人的肥猫。

很久以后回想这次旅行，嘴里都会有茶的味道。

虽说很像退休干部，可喝茶这事儿，还真适合在成都干。跟大春子去见他的妈妈，约在公园喝大碗茶。高中时我们在一个寝室，阿姨亲手做的牛肉酱是我们撕破脸皮也要抢的美味。大颗大颗的牛肉粒，配上秘制辣椒酱，拌在饭里好吃，就泡面也好吃，挖一勺放在嘴里也是极好的。为了能多吃一口牛肉酱，我经常不去食堂，下课后抓着一包泡面，急赤白脸地往寝室跑。

很久不见，阿姨依旧优雅漂亮。我们坐在河边广场叙旧，阳光透过层层树叶打下来，唤起了高中的记忆。成都人都是两面派，既爱安逸，又好热闹，馆子也好，公园也好，桌子与桌子间的距离小得让人发指。如果在我的城市，来到这样一个拥挤的地方，我可能会皱着眉头转身离开，嘟囔着不给人隐私。可在这里，即便是桌子对桌子，椅子碰椅子，哪怕能听到隔壁桌的聊天话题，哪怕挖耳朵师傅的屁股会蹭到我的脑袋，哪怕这样熙熙攘攘，人来人往，我却只觉得亲切。

或许这就是我喜欢成都的原因吧，它在热闹中让我平静。

夜　路

在兴坪镇的这晚，是我出生十八年来最惊险的一晚。

我们居住的酒店在码头对面，步行不到五分钟，在阳台上可以欣赏到广阔的江景。然而有得必有失，酒店风景虽好，却与兴坪古镇中心有一定距离，步行过去需要半个小时左右，而这简直是要了我这个懒货的命。镇上没有出租车，宾馆的车要提前预约，此刻已经去接其他客人了。前台服务员是个年轻的小姑娘，她好心提醒我们，可以骑自行车过去，既不累，又能欣赏沿途的风景。我们想了想，觉得这真是个不错的建议，便问她哪里有自行车。姑娘立刻拿出个大账本，说我们宾馆就有出租自行车的业务呀，租一次才五十块钱呀，您快点儿给钱吧，啾咪。

真是个会做生意的女孩儿呢！

出门时恰逢日落，太阳把云彩烧得火红，江面也跟着温暖起来。群山格外静谧，码头上三三两两停靠着归来的渡船，摆渡人聚在一起抽烟，风景美得像幅画。这个季节，温度适宜，在空荡的马路上骑车，两边山水交映，清风拂过脸颊，感觉十分惬意。

以上，是正常人的感受。

我上次骑自行车还是在初中，那时候基本都是蹭哥们儿的车后座，自己骑得七扭八歪，更别说载人了。而此刻，我的车后座上，泰然坐着一位体重近百的小伙伴。于是对我来说，这条美丽的山路简直比西天取经还难走。下坡还好说，借着重力加速度可以一路顺风，但遇到上坡，哪怕我已经站了起来，压上全部体重，燃烧着生命蹬车，可自行车还是没有任何前进的意思，甚至还往后退了一段！我一边用力蹬，一边怒斥："死兔兔！叫你平时减肥你不减！现在这么胖！还要我载你！你下来载我！"

兔兔无辜地说："可是，我腿短够不着脚镫子呀！"

我认真考虑了是否能现场打掉她十斤肉，发现不可行后，果断决定下车推着走。结果一路下来比步行还慢，半个小时的路足足走了一个小时。

在古镇门口随便找了根电线杆，把自行车锁在上面。我们就像两只挣开枷锁的花蝴蝶，开始到处乱飞。因为是淡季，兴坪古镇没什么游人，很多地方正在装修，到处尘土飞扬，一些小店干脆关门大吉。我们闲逛了一圈，没发现什么动人的景色，倒是把肚子逛饿了，可环视四周，饭店要么没开，要么看着像八百年前才扫过地，没办法，我们只能饥肠辘辘地到处觅食，最后闯进一家还在营业的青年旅社。

这家店的灯光可真暗，木头桌椅石板地，一楼是吃饭的地方，

二楼三楼四楼住人。大堂一角有个砖砌的火炉，里面炉火很旺，一个大叔正不断添柴加火。旁边的沙发里，缩着个外国青年，戴着耳机，在笔记本上抄抄写写，一脸学霸的样子。大堂的正中间摆着一张小跳床，一个四五岁的小胖孩儿蹦得正欢。兔兔跃跃欲试，也想加入，考虑到我们的旅费有限，支付不起一张被踩坏的跳床，我急忙拉住了她。

我们选了个靠窗的位置，桌面上的花瓶里插着新鲜花朵，旁边还有陶瓷小兔子。但现在这些可爱的玩意儿，对我们的吸引力还比不上一张大饼。我们点了一张比萨、一份泡芙和两杯饮料。此时才知道火炉的作用，这家店的比萨全部现烤，厨师把配料和面饼放在盘子里，一起送进炉子，用大火烤二十分钟，出来的比萨边角香脆，内里松软，十分好吃。牛奶泡芙就让人一言难尽了，等了一个小时，服务员小妹才扭扭捏捏端上一个大碗，里面是牛奶泡的面疙瘩。开始我们还以为是赠送的小吃，结果小妹脸红红的，羞涩一笑："这是牛奶泡芙，我第一次做，希望你们喜欢。"

小妹，你再卖萌，也掩盖不了这道菜是黑暗料理的事实啊。

我尝了一个，差点儿把牙硌掉。再看兔兔，更是一脸狰狞。可能是我们的表情过于扭曲，最后小妹良心发现，送了我们一盘水果沙拉，多多少少抚慰了我们受伤的心灵和胃。

吃饱喝足后天已经黑了，可此时我们还不知路途险恶，又在古镇里闲逛了一会儿，才起程回宾馆。推车出古镇的大门，我们惊呆了。古镇门口是一座桥，来时夕阳西下，把桥面照得格外温暖，有种小桥流水人家的感觉。可此刻，因为两边没有路灯，眼前是一片黑暗。越往前走，人声越稀疏，渐渐地，只能听到桥下隐约的流水声。背后是逐渐远去的灯光，前方是张大嘴，把所有明亮都吞噬了。

过了桥便是来时的山路，小镇夜晚十分安静，黑暗仿佛吞噬了所有的声音。道路两边的山峰，白天还那么秀丽，到了晚上却给人一种强烈的压迫感，就像一个个巨人，只是默不作声地盯着你看。在这前不着村后不着店的路上，我们应该互相聊天，说点儿高兴的事情，缓解心中的不安。可此时谁也说不出话来，所有声音都被压在喉咙里，全身的力气都用在赶路上。

手机电筒射出微弱的光束，在前方开辟出一条道路。晚上九点，在城市里正灯火辉煌，有些人还在工作，有些人正在玩乐，马路上车辆川流，饭店里熙熙攘攘。而在小镇，只有一片黑暗。

推车路过一个拐角，山上忽然传来不知名动物的叫声，在寂静的夜里格外吓人。我们埋头赶路，汗水被包围在衣服里，沿着背脊滑下。此刻神经格外敏感，背后如针在刺，细风吹过，仿佛有人在耳边吹气。

我再也忍受不了这样的黑暗，不管会不会摔倒，让兔兔坐上后座，踏上自行车，用尽全力骑了起来。来时那些上不去的坡，担心失去控制的下坡，全都被抛在脑后，此刻我脑子里唯一的念头就是向前冲，重返光明。

我越骑越快，四周黑暗触手可及，骑行在这条仿佛没有尽头的公路上，在速度的刺激下，恐惧逐渐麻木。仿佛过了很久，又仿佛只有瞬间，前方逐渐出现了光。先是三三两两的民宅，随后是饭店，最后宾馆出现了。

把车停在门口，重新站在灯光下，我有种全身脱力的感觉。看看表，来时用了一个小时的山路，返程只用了十几分钟。

我对兔兔说："你回头看，那就是我们走过的路。"

兔兔把脸上的汗擦掉，说："不了，我没有回头的勇气。"

冰川怎么爬

来新西兰之前，我压根儿不知道这里有冰川，更别说亲自去爬了。因此当我们来到 Franz Josef 这个小镇，金发碧眼的洋妞儿领队热情宣布第二天可以冰川一日游时，我嘴里的牛奶喷了老苏一身。

虽然来自冰城哈尔滨，在很多人的印象中，我应该是个光着屁股在冰雪中奔跑长大的孩子。但说实在的，我这位东北大汉真的特别、非常、极其不耐寒。从小到大，冬天的室外活动我基本就没参加过。扫雪我发烧，晨练我感冒，体育课……人家大姨妈来了啦！反正老师找我，我就一副气若游丝的小样儿；小伙伴约我，我就大摆臭脸，总之不约不约。冬天要是给我一床被子，我能躺到第二年开春。

因此，虽然对爬冰川这种极限运动很感兴趣，但考虑到自己可能会冻死在半路，一开始我决定不报名参加了。这时，我的好朋友、好闺密、灵魂的伴侣——老苏，拉着我的小手，含情脉脉地看着我，玫红色的指甲抠进了我的小嫩肉，温柔地对我说：“Gino，我跟你说，如果你敢不报名，我就打得你尿失禁。”

“为什么呀？我怕冷啊！”

她指指一旁的休息室，里面有群穿红衣服的外国男人，个个身强体壮，金发碧眼。老苏说：“这是明天我们的导游，你看看他们的胸肌，你看看他们的腹肌，你看看那手臂，你看看那脸蛋儿，你要是不去，耽误老娘看帅哥，也别担心冻死在冰川上了，我现在就打死你。”

我抗议：“你可以自己去啊！”

她瞬间依偎在我的肩膀上：“可是，人家自己会害pia呀！”

于是我忍着恶心报了名。

我们即将征服的Franz Josef冰川是新西兰第五大冰川，与第四大冰川Fox距离不远，这两个冰川，再加上阿根廷的Perito Mereno，是世界上仅有的三个与雨林相连的冰川，也就是说，可以边爬冰川边看雨林，简直是买一送一，非常有观赏价值。Franz Josef是奥地利国王的名字，冰川的毛利语名称是Ka Roimata o Hinehukatere，意思是“雪崩女孩的眼泪”。我第一次听到这个名字，还以为是“血崩女孩的眼泪”，大吃一惊：那得是多么惨烈的姨妈啊，这种事儿拿来做冰川的名字，外国人也太丧心病狂了吧！据说这个名字的由来是当地的一个传说，一位毛利女孩的爱人在登山时遭遇了雪崩，女孩汹涌的眼泪变成了这座冰川。

因为与冰川相距只有五公里，步行半小时就能到，Franz

Josef 这个小镇也成了旅游区，有饭店、超市、旅馆，我们居住的就是很舒服的小木屋。更要点赞的是，这里还有温泉可以泡。

冰川徒步分为半日游和全日游，半日游是爬到山腰返程，全日游则是一直到山顶，我们选择的是全日游。

虽然旅行社方面会提供保暖服、羊毛袜子、手套和靴子，但也要求游客们在里面穿足够厚的衣服。可当天晚上整理行李，我们发现，带来的衣服大部分是小短袖、小西装、小迷你裙之类好看但不耐寒的衣物，此时再到镇上买也不太现实，只好用量取胜，把能穿的都穿在身上。我上身套了三件短袖、两件衬衫还有一件皮夹克，下半身则是三条短裤和一条牛仔裤，整个人肿了一圈，这种混搭太炫酷，走出去估计会被人当神经病抓起来。

第二天老天爷很给我面子，果然下起了大暴雨。而这丝毫不影响大家的热情：这可是爬冰川呀！爬山人人都能爬，冰川可不是哪里都有的！出发前，工作人员对游客进行安全检查，一位壮汉突然截住我，要我脱裤子。我想新西兰人也太开放了，结果人家告诉我，冰川上不可以穿牛仔裤，因为布料吸水，沾湿后会更冷。我告诉他我没有别的裤子，能不能在这里买或者租借几条。他说没有，但你可以只穿这几条短裤，你看我们的导游都是这样穿的。我四周环顾了一下，几个导游的确都是长袖短裤长靴的装扮，可问题是人家的腿毛都能当毛裤了，而我这小细腿就是两根光溜溜的棍儿，相比之下十分寒碜。于是我这条来自中国北方的狼，决定穿着三条大裤衩，把羊毛袜子向上拉到最高，套着防风裤爬冰川去！

因为下雨，山里十分潮湿，相机镜头上都笼罩着一层雾气。气温倒是没有想象中那么低，旅行社发的装备保暖功能很好。下车后我们每八人一组，由一个当地导游带队，步行前往冰川。我们这组的导游是个英国小伙子，代号是 John，真名不详，身材很好，有六七年的经验，据说闭着眼睛都能爬冰川。八个团友中，我们“俊美甜靓”四人组来自中国，两个澳洲小妹，一个自助游

的韩国女孩，还有位美国大姐是为了减肥过来的。

刚出发的时候，大家都比较兴奋，一路欢声笑语，还用相机到处拍照，John 提醒了几次要保留体力后，也不再说什么了。前往冰川的小路上大部分都是碎石，被雨水打湿后非常滑，摔倒几次后大家都把注意力集中在脚下，就这样沉默着到达了冰川。

开爬之前，John 监督我们换上了钉靴，冰川上非常滑，而且没有现成的道路，每一步都得靠自己挖，因此在前进过程中要格外小心。John 胸前有一块隆起，一开始我们以为那是他的胸肌，还暗暗讨论，也太大了吧，简直达到了 F Cup。后来才知道，那并不是他的胸肌，而是为我们准备的急救药品箱。他的背包里也都是绳索、铁钉等爬山工具，不像我们都装着相机零食 iPad 之类乱七八糟的东西。

最初的攀爬过程中，我们其实并不累，只要注意脚下，别掉进冰坑或者摔倒就好。辛苦的是领队，遇到山坡，John 会先用铁铲凿出台阶，自己爬上去，把绳子固定后再抛下来拉我们上去，这非常耗费体力。我偷偷拿铁锹试了试，手都要断了也没凿出个坑来。不由得对 John 佩服起来。团队里都是话痨，大家叽叽喳喳，只有他不太合群，一路上除了必要的安全事项，基本都保持沉默。作为小队里唯二的男人，我觉得自己应该做点儿什么，于是过去帮他拿工具。没想到 John 特别害羞，一直说不用，脸都涨红了，看我一再坚持，才特别感激地说谢谢，并且一再保证只要我拿一小会儿。这么一来一往，John 对我倒没那么僵硬了，虽然他不是

很健谈的人，我又是纯洁羞涩的美少年，我们之间的交流也无非只是“你在哪儿读书，你在哪儿工作，你家乡美吗？我家乡很美，你的呢”之类的客套话。

出发三小时后，我们在半山腰短暂休憩、吃午饭。虽然有防水服，雨水打不进来，但大家或多或少都被捂出了汗。至此已经完成了半日游的行程，一起来的团友有一半要返程了。我们心里多少有些后悔，虽然爬冰川刺激又好玩，可坚持一整天还是很累的。然而钱都交了，不爬到山顶又实在不甘心。

再出发之后的行程艰难了很多，斜坡层出不穷，我们爬上爬下，滚来滚去，在夹缝里钻进钻出。有些冰缝很宽，可供两三个人并肩通过，有的则不到半米。团里来减肥的美国胖大姐被卡在其中一道冰缝里，怒喊 help，最后 John 忍笑把她推了出来。而在向上爬的时候，还要小心脚下，有些冰看起来结实，但踩上去就会塌陷，最深的有两米多。脚下冰洞也越来越多，深浅不一，向里面望去，可以看到干净的蓝色，那是冰川纯粹的颜色。

下午四点，我们终于到达了冰川顶端。这里的海拔在 250 米左右，听起来不高，却比爬相同高度的山辛苦很多。虽然一路都在鬼哭狼嚎、互相埋怨、在心底骂自己是个受虐狂，但在这样一个雨天，脚下是苍茫的白色，远处则有翠绿的雨林，摘下手套，既有冰雪的寒冷，又有雨水的潮湿，空气那么好，风景该死的美，一切一切的抱怨，都烟消云散了。

图书在版编目（CIP）数据

你好，我亲爱的陌生人 / 吉诺著. —北京：中国华侨出版社，2015.12

ISBN 978-7-5113-5917-9

Ⅰ. ①你… Ⅱ. ①吉… Ⅲ. ①散文集—中国—当代 Ⅳ. ①I267

中国版本图书馆CIP数据核字(2015)第310540号

你好，我亲爱的陌生人

著　　者：吉　诺
出 版 人：方　鸣
责任编辑：茂　素
装帧设计：刘红刚
经　　销：新华书店
开　　本：880mm×1270mm　1/32　印张：8.5　字数：250千字
印　　刷：三河市嘉科万达彩色印刷有限公司
版　　次：2016年3月第1版　　2016年3月第1次印刷
书　　号：ISBN 978-7-5113-5917-9
定　　价：38.00元

中国华侨出版社 北京市朝阳区静安里 26 号通成达大厦 3 层 邮编：100028
法律顾问：陈鹰律师事务所
发 行 部：（010）82068999　　传真：（010）82069000
网　　址：www.oveaschin.com
E-mail：oveaschin@sina.com

如发现图书质量问题，可联系调换。质量投诉电话：010-82069336